三江源丛书

走进长江源

耿占坤　著

青海人民出版社

图书在版编目（CIP）数据

走进长江源 / 耿占坤著 . -- 西宁 : 青海人民出版社 , 2023.3
（三江源丛书）
ISBN 978-7-225-06444-4

Ⅰ . ①走… Ⅱ . ①耿… Ⅲ . ①散文集 – 中国 – 当代 Ⅳ . ① I267

中国版本图书馆 CIP 数据核字 (2022) 第 258420 号

三江源丛书

走进长江源

耿占坤　著

出 版 人　樊原成
出版发行　青海人民出版社有限责任公司
　　　　　西宁市五四西路 71 号　邮政编码：810023　电话：（0971）6143426（总编室）
发行热线　（0971）6143516 / 6137730
网　　址　http://www.qhrmcbs.com
印　　刷　深圳市国际彩印有限公司
经　　销　新华书店
开　　本　787 mm × 1092 mm　1/32
印　　张　7.5
字　　数　100 千
版　　次　2023 年 3 月第 1 版　2023 年 3 月第 1 次印刷
书　　号　ISBN 978-7-225-06444-4
定　　价　48.00 元

序言

江河万古流。它表达的意思是说，江河径行大地，不屈不挠，不卑不亢，穿山越岭，纵横原野，贯通古今、奔向未来，彰显着大自然无与伦比的力量与自信。同样，江河作为人类文明的缔造之源、哺育之乳、传承之脉，也是对人类文明绝好的象征。

青藏高原腹地的青海省南部高原，这片高原上的高原，便是中国第一大河长江的摇篮。首先，江源作为地球上一个巨大的淡水资源宝库而存在；第二，它作为维护中下游自然和文明生态的力量而滥觞；第三，它作为全球重要的生物基因库循环。也就是说，江源既是一个自我完善的内平衡肌体，又是一个决定外部秩序的开放性辐射系统。所以对江源的关注，就必然是对一种广泛意义上的生存与发展的关注。

长江之源是水的世界，水是仙女的容颜、少女的情怀，使大地漾溢圣洁与浪漫；长江之源是山的领地，山是神灵的躯体、英雄的气概，使大地拥有庄严和豪迈。长江之源更是人与万物的家园，人与自然的和谐，使大地充满生命的欢乐和智慧的美丽。

古人说："问渠那得清如许，为有源头活水来。"这就是保护源头的意义所在。这既是一种诗意的象征，更是事实存在。如果源头水土流失、生态紊乱、生物链断裂、人与自然失和，就会直接影响中下游的水质、水量和生态循环，会影响中下游的社会经济发展与人民生活质量。同时，那也将从心理情感、文化传承和精神依赖方面，对中下游造成不良辐射。

二三十年来，由于各种机缘，我曾经多次到长江源地区，领略它山水的壮丽，探索它万物的神秘，感悟它文化的魅力，体会它生活的温馨；我为它的疾病和创伤而痛惜，也为它的治疗与康复而欣喜。尤其进入21世纪以来，生态文明的理念和保护行动深入江源，水土流失得到遏制，植被恢复，河流湖泊水量增加并且水质清澈，濒危动物种群数量增加，断裂的生态链条正在有效修复，成果显而易见。源头地区的牧人，在良好的传统生存观念中又融入了现代生态意识，牺牲个人物质利益而保护动植物和环境的故事早已不是个例。

长江，这条贯穿中国南北大地的巨龙，自西向东，一路后浪推着前浪直扑海洋，它留下数不清的歌、数不清的诗，写就一部波澜壮阔的东方文明史。在她的怀抱里出生、成长、死亡，无数人面对她，都情不自禁发出这个对自己的生存具有最终意义的询问：长江源头，它在哪里？那里有什么？

长江源头，是一个地理存在，更是一种文化象征。它是自然的瑰宝、生命的家园、灵魂的依托。它允许我以敬畏之心，热爱它的存在，感念它的创造，维护它的尊严，讲述它的故事。

目录
contents

上部 走进山水秘境

下部

走进人文家园

上篇 走进山水秘境

姜根迪如冰川 蔡征 摄

“人不能两次走进同一条河流。”这句话的意思，不仅自然事物永远处在变化之中，而且人的心理、感受和认识也同样会时过而情移。对事物的了解和认识，也许会随着反复接触愈加深刻全面，但那最初的惊喜、感动或震撼，那种情感瞬间迸发的真实，必然是不可复制与叠加的。

这些关于长江源的文字，就有相当多的一部分记录于2002年至2005年，那是拍摄大型纪录片《三江源》的现场笔记，包括在自然环境中的经历、在人文生活中的体验以及自己的诸多认识与感想。尽管这些文字已经写下十数年；但我想它们的意义依然存在。原因很简单，我在长江源记录的自然风物，已经如我所见地存在了千万年之久，如果不发生巨大的地质突变，它仍将存在千万年，但是它的样貌必然发生了微妙变化，如同一个孩子会长高，一个成年人会增添皱纹或白发。

穿越柴达木盆地○

长江源头地区，位于青海南部高原，玉树藏族自治州境内，然而由于地理位置的特殊性和交通方便，它又作为海西蒙古族藏族自治州的一块飞地而被治理。所以前往长江源的路途要穿越柴达木盆地，进入昆仑山腹地。

下午从西宁出发，晚上住青海湖畔的黑马河。途中我乘坐的 6 号车爆了一次胎，其他一切顺利。

苍蝇也是肉

晚饭时有一个小插曲。我们在一家当地人开的小饭馆用餐，当那盘番茄炒鸡蛋还剩三分之一时，发现里面有一只苍蝇。我们把老板娘叫来，问她怎么办。老板娘用困惑的目光扫了我们一遍，仿佛这是一

昆仑山　张纪元 摄

盐湖，采盐历史悠久，史籍中称其为“青盐”，以盐晶饱满质纯味正而闻名。盐湖有一百多平方公里，如冰雪铺地。过茶卡到都兰一带，完全是沿古丝绸之路辅道（丝绸南路）而行，这个区域有庞大的吐谷浑和吐蕃古墓葬群，沿途还有古岩画、班禅行辕和山中活化石一般的森林古柏。继续前进，两侧有吐谷浑古城遗址、诺木洪文化遗址、原始梭梭林区和作为原始纪念碑的贝壳梁。

香日德是一片荒漠戈壁中的绿洲，在长途旅行和苍凉单调的景色令我身心疲惫不堪的时候，它突然出现在面前，使我精神为之一振，就好像在茫茫大海中发现了一座绿色岛屿。然而我看到这座荒漠中的岛屿正面临着威胁，四面的黄沙正在悄悄地向这个绿色的小盆地移动，一些沙丘已经在农田里占据了一席之地。从沙丘下掩埋的庄稼来看，黄沙刚刚入侵不久。

“天路”

从香日德到格尔木，大概有 300 多公里的坦途。戈壁滩一望无际，道路上连一个小弯或者一个小坡度都没有。开路车看来打算补回被耽误的时间。这恰恰是最危险的。

青藏公路　赵金德 摄

在这种毫无变化的环境里，乘车者早已呼呼大睡，再加上对面几乎没有来车，司机最容易疲倦甚至会打盹，所以这一道经常发生翻车的事故。于是我不得不没话找话地同司机聊天，一根接一根给他点烟。然而当第三辆车像醉汉一样摇摇摆摆差点冲下公路时，我只得用对讲机让车辆停下来休息。

也许我会提心吊胆，但是无论如何，对于乘车人来说，行驶在青藏公路上肯定是难得的旅行享受，给我带来一种近于豪迈的感觉。况且我从不打瞌睡。

“问苍茫大地,谁主沉浮？”无论是置身于柴达木盆地，行进在天路旅途，还是站在雪山脚下，我都情不自禁地如此仰天长问。一次又一次，我在敬畏和谦卑中感悟到生命的珍贵与美好。

洪荒初开

中国古代神话记述了盘古开天辟地的故事。那是怎样一番情景呢？如果无法想象，不妨进入柴达木盆地看一看。你会发现天地刚刚剥离，空中浮云仍在上升，地上的尘埃尚未落定，炽热的空气还在回旋，地表伤痕累累，洪荒之下最初的物质与元素仍处于混沌状态，一切生命都在等待孕育和诞生。

位于青海西北的柴达木盆地被誉为“聚宝盆”，它的确是青藏高原的一只“金饭碗”。但它让我着迷的不是那些金银财宝，而是它的性格，它的豪放不羁的大自然之魂。蒙古语“柴达木”意为广阔的草原（或者是盐泽），实际上草原并不是它的主要构成，在阿尔金山、祁连山和昆仑

戈壁秋色　赵金德 摄

山的怀抱之中，它有着高耸的山峦，坦荡的戈壁、平原和草场，有大大小小的盐池。这些地貌呈环状地依次由盆地边沿向中心过渡，形成了这片高原的年轮，这年轮记忆着高原千千万万年的风雨往事，如果你用心去听、用生命去感觉，它就会对你讲述。柴达木盆地有 25 万平方公里，几乎相当于两个半浙江省的面积，它的博大是你无法去游览或欣赏的。

柴达木盆地总是天高云淡，艳阳高照，彰显着它坦荡无际的奔放和自由不羁的孤独。强烈的阳光，不是让一切清晰凸显，而是消解了事物的轮廓，令人更加恍惚迷蒙。然而在月明的夜色里，在与它的对话中，我发现了它性格的另一面：温柔与美，以及这美与温柔中渗透出来的野性的诱惑力。

戈壁滩仍然保持着天地开辟之后的那种单纯，除了这条孤零零的道路，它几乎不被打搅与破坏。我坐在车窗前，静静地与戈壁对话，领略它野性中的温柔。

天地之间一片空阔，月光像纯净的水一样倾注到戈壁滩上，有一种柔和的、甜甜的感觉。在戈壁滩上一切事物清晰可见。一改阳光与狂风中的暴烈不驯，此时的戈壁滩像一个被母亲爱抚着的婴儿，显得那样温顺和恬静。它表现得单纯悠远，就像一个梦境。一簇簇的骆驼刺和一片片的砂砾碎石一闪而过，发出忽明忽暗的光。大戈壁滩初看起来似乎永远都是一副面孔：平坦而荒凉，但细看起来并不相同。有的地方被细沙覆盖，平滑有韵；有的地方则布满大大小小的石块和小丘，变化多端；还有些地方是良好的土地，但是由于干旱只能生长骆驼刺和芨芨草。大戈壁最让我迷恋的就是它那深不可测的孤独，这孤独存在于它无穷无尽的开阔、开阔、开阔之中。这种无边无际产生一种神圣，产生一种超越，在这里时间并不存在，至少说时间不再流动，它是永恒、凝固的。

我深信，这戈壁滩就是太古时代的一个巨大的祭坛，一座只属于原始神灵的祭坛。

察尔汗盐湖

柴达木盆地有大小盐湖30多个，各种类型的盐总储量在1000亿吨以上，其中察尔汗盐湖面积最大。察尔汗盐湖距格尔木只有几十公里。这片湖泊大概是一亿多年前的古特提斯海在造山运动后留下的唯一记忆。它的面积有5800平方公里，储藏有钾盐、镁盐、锂盐等多种盐类600多亿吨。它是亚洲第二大盐湖和中国最大的盐化工资源储藏地，也是目前中国最大的盐化工基地。当然我对盐湖工业和它的利润等一无所知。据说盐湖里的水都是真正的卤水，湖水浅处呈白色，深处是一片绿莹莹的颜色，与蓝天相映一体，格外纯净空阔。开发的盐湖面积很小，还有一大半湖面被覆盖在厚厚的盐盖下面，看上去

察尔汗盐湖花　马海清 摄

察尔汗盐湖　马海清 摄

胡杨　张纪元 摄

生命的旗帜

蒙古族老人介绍说，胡杨又叫变叶杨，因为同一棵树上有三四种叶型，从很细的柳叶型到阔叶型。胡杨的根系非常发达，比它的枝冠还要庞大，所以才能够牢牢抓住沙丘，从地下汲取水分。胡杨有顽强的生命力和不屈的意志，人们说，它能生长一千年不死，死后一千年不倒，倒下一千年不烂。我相信这并非传说。

这是一幅死亡与新生共存的景象：时光和干热风的双手将胡杨粗大的枝干与树根撕裂开来，古木四周，散落在黄沙中的枯枝比比皆是。然而，从那些干枯爆裂、看上去已经毫无生机的树干中却生长出来幼嫩的枝叶，那是生命的旗帜。胡杨是自然界生存与死亡之战中最英勇无畏的斗士。也许它在节节败退，但是它们在自己的每一条裂缝、每一圈年轮里储藏了大自然的无穷奥秘，它们用自己的躯体记录了岁月中一个个不屈不挠的故事。

对于自然界来说，胡杨林是沙漠历史的档案，而对于人类来说，它是一种启示或者是精神的象征。

据老护林员说，有关部门打算修一条柏油路到林区里来，以开发旅游。多么可怕又愚蠢的计划。

昆仑山腹地○

离开公路，经过两天的艰难行进、颠簸跋涉，我们终于进入昆仑山腹地。这是众神之山，孕育江河的摇篮。

在途中，每天有两件事是出发前就要做好充分准备的：过河与推车。行进的过程实际上就是一个不断把每辆车弄出泥潭河沟的过程。在高海拔地区频繁地推车挖车修车，几乎把人搞得筋疲力尽，幸好我们有几辆车相互牵引保驾。然而后来才知道，我们在这里面对的，只不过是一群“小巫”。

圣山

说实话，当我置身于这诸神的领地，我的心情比预期平淡许多。这不仅仅是受到旅途困顿的影响，还主要与山势地貌有

昆仑山玉虚峰　文德 摄

关。我环顾天地巡视群山，山岭连绵起伏，山峰浑圆平淡无奇，完全看不见想象中的高耸险峻，更找不到武侠影视中的奇幻诡谲。然而这并没有削减我的敬畏之心，因为我知道我们一直在走向它的高处，走向它的内部，它博大深邃如同迷宫。也许真正的神圣就是这样藏而不露。

这条山脉，就是世界东方的大陆脊梁和人文圣殿昆仑山。仿佛不经意间，我们已经身处这苍茫山脉的腹地。

在中国古代神话的大观园，昆仑山无可置疑地立于统领地位。伴随数千年的演绎，昆仑神话已经由一个神灵谱系扩展为一个根脉发达、包罗万象、遍及神州的民族文化系统。中国远古神话结构的最大特点是传说、历史、宗教和艺术想象力的多层重合与渗透，它也同样塑造了整个中国古代文化的基本形象。所有在探讨当代中国文化以及思考文化发展的今天，民族神话依然是我们可以并且是必须立足的基础。

人类在其童年时代创造了神话。作为一种记忆和讲述，作为具有象征意义的文化标记，这个神话系统成为每个民族历史文化的渊源。神话不是产生于先民的无聊或者无知，神话诞生在一个族群最初的喜悦、惶恐、敬畏、困惑、苦难、感恩和希冀之中，它构成了人类对生存的解释、规范与把握。而这一切，随着人类的成长有增无减，并且一直融入我们今天生活的细节与生存的深层。

我不禁猜想，也许此时此地，那些隐秘千古的神灵，正在某处注视我们，或者以某种方式向我们显示奇迹。

进昆仑山野牛沟的目标，是拍摄野生动物、西王母瑶池和古代岩画。我们毫不失望地拍到了机警的藏狐，集群结对的健美的藏野驴，十几只胆怯的藏原羚，几头孤独离群的野牦牛和两群距离较远的野牛群，一队飞翔的黑颈鹤和其他动物。最大的一群野牦牛看上去至少有 100 多头，与我们相距很远，在玉虚峰下的山坳里。我们确信那是野牦牛，因为那里是无人之地。野牛沟内的自然景色算不上壮丽，却隐藏着某种力量或者神秘气息，目光所及之处无不透出原始质朴的生动和魅力。

诸神的道场

进入昆仑山腹地第四天，我们到达玉虚峰下。玉虚峰是昆仑山脉中段的重要山峰之一，与中段主峰玉珠峰并称两姊妹，海拔 5980 米，特别作为道教圣地而闻名。相传为玉皇大帝的妹妹玉虚神女的住地，并因此而得名。据说它也是元始天尊的修行地。作为道教昆仑派的主道场，它是道教信徒的朝觐中心之一,被誉为“道教的洞天福地”“神山之最”。当然,它也是好事的登山者向往“征服”的雪峰。由北向南仰望，在前方左右两座山峰的护卫中，玉虚峰白雪皑皑，巍然耸立，阳光穿透白云照在雪峰上，显出一派超然不凡的高贵和神秘，使我不由得顶礼祈祷。据说在那雪峰之下，常年都有高人修行悟道。我们营地旁边有一条从雪峰脚下流淌过来的小河,河边一个用石头垒起的小“屋”内存放着一些食物，那一定就是山中修行者的储备。河水无比清澈，但是却冰凉透骨。

瑶池

从玉虚峰继续向西 50 多公里，就达到传说中的西王母瑶池。这是一个面积只有 60 多平方公里的高山湖泊，由四面山上的流水汇聚而成天然高原平湖，亦是道教信徒崇拜的神湖。湖面海拔大约 4470 米左右。地图上称之为“黑海”，但湖畔竖立有巨大石碑，上面赫然刻着“西王母瑶池”几个大字，石碑旁建有神龛，里面供奉着西王母神像。瑶池岸边的地面坚硬光洁，被水流侵蚀出各种奇异的造型，犹如刻在地上的浮雕群。瑶池的水并不黑，在四面山野岩石的衬映下，倒是显得极为幽深宁静，悠悠白云飘浮其中，仿佛山间一块巨大的镶玉绿碧，确实给人一种不可亵渎的圣洁之感。据传说，瑶池的最深处超过 100 米。越过水面，对岸是并不高大但是线条奔放的山岭，山坡水草丰美，是野牦牛、野驴、棕熊、黄羊、藏羚等野生动物远离人类的理想生息地。我们看到山坡上有 30 多头野牦牛。

坐在瑶池之畔，感悟苍茫时空，我第一次感到和缥缈的上古神话竟如此亲近，我幻想着蟠桃盛会、周穆王约会西王母时百鸟齐唱群兽共舞的情景。我计算了一下，再过几天就是八月初八蟠桃会了，而这里依然如此安静。“八骏日行三万里，穆王何事不重来？”当然，即使有仙人聚会，我凡俗的眼睛也无缘得见。不过，有瑶池和玉虚峰遥相呼应，然后是晶莹的流水、萋萋芳草、群峰乱石和自由不羁的珍禽异兽，能够身临这个远离尘嚣、灵动脱俗的净界，也该

西王母瑶池　张小强 摄

是一种幸运了。

由于没有知情的向导，我们最终没有找到那些古代岩画。

野牛沟岩画○

然而几年之后，我还是有机会再次进入这深藏于昆仑山中的野牛沟，实现了目睹岩画的愿望。

野牛沟位于昆仑山脚下是一个峡谷地带。可以想象，很久以前，在野牛沟河的孕育下，这一带的原野不仅是野生动物的繁衍之地，也当然成为游牧和狩猎族群理想的生息家园。由于气候变化，也许千百年前芳草萋萋、百兽率舞的繁荣景象已不复存在，但今天，野牛沟仍然是当地牧民的夏季草场。岩画所处的四道沟山梁海拔3900米左右，相对高度30米左右，东南一西北走向。岩画约略有200个个体形象。从内容上可分为牛、鹿、骆驼、狼、豹、鹰、狩猎、出行等。

这些远古文化的精神构成了昆仑山文化有机的一部分，它光彩夺目，犹如日月的光芒洒在昆仑山上。我觉得，这里岩画与青海湖畔岩画相比，缺乏生动性和故事性，也许它诞生更早，而岩画中一幅犏牛驾车的图形，似乎又显得更晚，这是否证明了这些岩画具有较长的时间跨度呢?石头上的藏传佛教经文显然更加晚近。可见岩画中的一切并没有僵死在石头上，那游牧与狩猎、那欢呼与祈祷正在人们的生活中继续着。

面对这些岩画，我同样依然感到它们透出一股勃勃的生命力量，也许这力量并不单单来自这些物体形象富于动态与质感的刻绘特点，它还来自这些形象中潜藏着的激情，以及那些线条和图像中时隐时现的某种期待或寓意。岩画告诉了我们一些遥远时代的事物和人们的生活，它更告诉我们一种牧歌时代的文化精神。在这些人物和动物的形象中，在那些已经构成了故事的描述中，我看到冲突中包含的和谐，死亡中张扬的生存，互为依存的拼杀与对抗。这是生命的终极秘密。

轻轻触摸着这些岩画，那些不灭的灵魂就通过我的指尖微微颤动起来。我甚至能预感到，在某一个黎明或黄昏，在明月繁星或惊雷闪电的呼唤下，这些动物与人将从他们暂时栖身的岩石中挣脱而出，如一群自由美丽的精灵，它们将越过河流，奔向亘古的荒原。也许这正是岩画的刻绘者当初领悟的那种神秘启示，这正是他们所期待的、所深信不疑的那个伟大时刻。

差点发现一群野马。

出野牛沟的途中，有一群马几乎和我们同时从玉虚峰下出发。开始并没有引起我们的注意，因为它们隔着河流与我们并行。渐渐地我发现这群马有些特殊之处。马群共有 16 匹，其中 5 匹马驹。马群奔跑时一字排列，马驹分别位于队伍的第五、六、九、十和十一位置，领头的和最后的几匹最为健壮。马群以不变的速度与我们并行了 20 公里，它们的秩序丝毫没有改变。

不会是野马吧！我把这个一闪而过的念头告诉了另一台车上的动物学家。他说：“我也注意到啦，可是真正的野马早已灭绝了几十年，这几年只在新疆有一些引进或野外放养的‘野马’，所以不可能是真正的野马。”又过一会儿，他似乎也沉不住气了，问我：“拍不拍？”我问：“会是吗？”他说：“百分之九千九百九十九的不是,可‘万一’要是呢！那可是‘要命’的发现。”于是我说拍。说来也奇怪，当我们停车拍摄的时候，马群也渐渐慢了下来，但是队形仍然没变。过一会儿，马群开始往山上小跑，然后消失在另一条山谷里。

这个意外的遭遇令我们惴惴不安。如果真的能够证明这是一群野马，我们将不惜放弃所有计划跟拍它们。不久，住在野牛沟的一位牧民解答了我们的疑惑。他说，这不是野马，它们在这山里已经有几年了。原来听说有一家牧民丢了几匹马，后来又有人丢了两匹，之后就发现七八匹马在一起，从来不回家，就在这一带山里转。它们生育后代，现在已经有十几匹了。牧民说，这群马比家养的要健壮，马群都是统一行动，什么时候都是年轻的在两边儿，老马和马驹在中间，没人能靠近它们，看来也和野马差不多了。牧民的描述同我们看到的情形一模一样，显然就是它们。也许它们将会成为新的野马种群的祖先。我心里这样想。

自由万岁！我环望群山，为这群挣脱羁绊的自由生灵，送上颂赞与祝祷。

这一天，我们顺利地走出野牛沟，住宿在昆仑山下西大滩的“雪山情食府”，对面就是东昆仑山主峰，海拔6178米的玉珠峰。即使山峰面临着一条宽大峡谷，它依然不显得高耸奇险。只是在夕阳照耀中，在暮云烘托下，雪峰一派威严静穆。我发现，山岭之间那些蜿蜒而下的冰舌，比数年前明显退缩了许多。

进入可可西里，也与进入昆仑山有相似的感觉。如果不加提示，当置身于这个赫赫有名的地域时，人们不会有任何异样的体验，因为这只是一片一望无际的半荒漠化的草原。好在有“索南达杰自然保护站”作为坐标。

一排看上去如此单薄的简易房子，背

依昆仑山，面对莽莽荒原，这是中国第一个民间自然生态保护基地。在无人区，曾经有一个孤胆英雄与十八个武装盗猎者展开枪战，这听起来就是一个悲壮的故事，同时也是一种时代悖论。在城市经济如火如荼发展的背景下，另一些人也在自然界肆无忌惮地大屠杀大掠夺。那些勇敢的、热爱自然的人们，用自己的鲜血警醒社会的麻木，以自己的生命维护了另一些生命的尊严与生存的权利，也终于引起了藏羚羊保护的关注。在这里，我们采访了踏着英雄血迹而来的志愿者，体会到他们的勇气、理想和现实的孤独无助，也看到他们生活与生命缺乏保障所面临的困境。我一直认为，实际上自然不需要人类保护，因为它拥有一个上苍创造的自我完善与循环机制，人类需要做的是不去干涉它。人类需要做的是保护自己的理想，遏制自己无限膨胀的贪婪欲望。

可可西里为中国最大的一片没有永久居民的无人区，也是中国现存大型野生兽类最多的地区，北以东昆仑山主脉为限，南以唐古拉山作界，西与西藏、新疆接壤，东至青藏公路，总面积 4.5 万平方公里，可可西里是青藏高原

可可西里　马海清 摄

绿绒蒿　文德 摄

菥蓂苔　文德 摄

藏亚菊型及垫状草型等，为了防止强紫外线的灼伤，大多数植物叶背均为毛背——很密很密的毛背，植株矮小，这是为了抵御大风，但均富含蛋白质。植物花朵的色彩比较简约，有白色花、红色花和蓝紫色花，人们几乎看不到黄色花，因为黄色对紫外线的反应吸收更为强烈。不少植物叶面收缩成刺，丛生作莲座状。

在江源区的河谷滩地上，生长着一种叫“西藏沙棘”的乔本植物，初看上去根本不像是乔木，而更像是草本类植物，它们一簇簇、一株株紧贴着地表生长，我用一副眼镜竖起来与它们比较高低。在几乎没有无霜期的高寒地带，它们凭借着滩地沙砾的保温作用，一年一度艰难而又从容地完成着花开叶落的生命过程。它们也许曾经长得十分高大，只是在高原不断抬升的过程中，为了求得生存才逐渐变得矮小了。它所生长的黄澄澄的小果子，几乎不得不结到沙砾中。望着它我心中感叹：生存的艰难以及生命的坚毅和美丽也尽在其中了。

其实，即使世代生活在草原上的牧民，也并不能更多地以及准确地告诉我那些植物的名字，哪些草类是否可以食用或者营养是否丰富，由牛羊自己确定，他们完全不需要操心。当然，这些数字和名称可以从专业书籍上查到，这里有上百种草本和木本植物，还有高原特有的药用植物。其实，作为一个热爱高原草原、追求自然的人，我们没有必要一一认识它们，我们看到它们，知道它们在这广阔天地自由、顽强、美丽、生机勃勃，也许这已经足够了。

野牦牛

野牦牛是可可西里以及整个源头地区代表性的物种。它代表的是这片地域狂放不羁的性格。野牦牛体形粗犷，颈部、胸部和腹部的体毛长垂及地，在海拔 3000 米至 6000 米的高山荒野上，它目空一切地巡行在冰天雪地间。野牦牛以耐寒耐渴耐饥的一身傲骨，特立独行。它没有藏羚羊奔跑的速度，力大无比因而从容散漫，它是青藏高原威风八面凛然不可侵犯的代表。野牦牛的领地主要是高寒地带的沼泽草甸，沼泽充满陷阱，而野牦牛却能驾轻就熟地穿行其间，优哉游哉，不可思议。牧民为了获得野牦牛的优良基因，常常会把家养的母牦牛放牧到野外，使之与野牦

野牦牛　文德 摄

藏羚羊　文德 摄

种严峻的考验，老弱病幼毙命于饥寒交迫之中显然是常发生的不幸。期间不遇暴风雪，这已经是神灵的恩惠了，一旦积雪覆地终日不消，包括藏羚羊在内的所有食草生物都将面临灭顶之灾。藏羚羊不是高原的强者，所以它们即使在自己的领地，也总是同试图与友好接近它们的人类保持安全的距离。当有人向它们靠近时，它们就躲避，人们停下它们也停下，然后回头凝望，那目光不是挑衅，而是一种祈求。这个仿佛被凝结于时空之中却仍在努力回头张望的生物，美丽优雅中带着一缕淡淡的忧郁。在造物主创造的这个生机无限的大自然中，它们的存在只不过是生命链条上一个微小的环节而已。

狼

我真的很喜欢狼这物种，而一直厌恶狗，尽管它们是同类。就像人类一样，有些人让我喜欢，有些人使我厌恶。在大学读书时,杰克·伦敦的《野性的呼唤》曾使我激动不已，那一声长长的嗥叫震撼我的灵魂，唤醒了我生命中沉睡了多少世纪的野性。

我常常梦想我就是一匹狼，自由奔驰在荒野之中。我

狼　索南 摄

辉煌的死亡而奔逃。它开始在草丛、石块和那些不足以藏身的小小阴影间快速窜越。我深深感觉到，蜥蜴、鼠兔、山雀甚至蝴蝶和草丛中渺小得可怜的小爬虫都被卷入这种莫名的紧张气氛之中，包括我自己。

这时候，在金雕的俯临之下，生命的意义无可置疑地显得明朗、确定而又光彩斑斓，它们因死神的巡视而突然升华。

就在野兔回头张望的那一瞬间，它看到金雕无声地改变了一下飞行的姿态，然后把一双死神之爪紧紧收贴在腹下，携裹着那股足以摇撼山崖的风俯冲下来。金雕雪白的头颈和金属似的利喙在充满阳光的空中划出一道流星般的寒光，迅猛地刺向大地。

当阴森而巨大的影子突然笼罩了野兔的世界时，它也同时被那股强劲的风所击倒。野兔甚至放弃了它最后的、也是象征性的挣扎，任随那些钢铁似的弯钩深深地刺穿它的皮肤。

所有生物都在惊悸和绝望的亢奋中发出赞美的鸣叫。

我感到一股浓浓的血腥味所带来的愉快与寒冷，它流

金雕　张有才 摄

进我的喉咙,然后以一种难以抑制的战栗方式遍布我的全身。

金雕在抬头仰望山崖时，我从它的目光中看到了一个非理性的、由不可破解的矛盾之谜所构成的神圣之物。它是生命的光芒极致绽放，又确实是死亡的象征；它充满无限的热情，又的确是冷酷的化身。这空中的巫师!

金雕奋力拍打着两片“乌云”，并呼唤着它那魔法无边的风腾空而去。于是野兔一生中最后一次，也是唯一一次飞翔在自由广阔的蓝天上。

雁石坪

头一天凌晨，一位司机的突然发病把所有人惊醒。只见他呼吸声嘶哑、头痛胸闷、口吐粉色泡沫痰。根据深入高原的必备常识判断，他患了我们最担心的急性高原性肺水肿。好在我们住在沱沱河兵站。经过兵站医院的抢救，司机病情稍有稳定。我们不敢怠慢，立刻决定随队医生护送他和另外两位高原反应严重的同伴返回格尔木。

在惴惴不安的气氛中，大家一边在沱沱河兵站拍摄，一边做进入源头的准备工作。

早晨，我决定带一部车前往雁石坪，探一探进入源头的道路，同时联系租用吉普车和补充食宿用品事宜。出发时天气阴沉，不久开始下小雨，而后是下雪，到达雁石坪时已经是纷纷扬扬的大雪，草原和山峦在一个小时中完全被白雪覆盖。雁石坪是一个小镇，是地道的长江源头第一镇。它的身份很特别，从行政区划上它属于格尔木，但实际居住的主要是西藏的藏族人，他们在这里放牧或经商，所以这个小镇实际由西藏管理，行政机关和公安机关也由西藏的安多县派出。由于修建青藏铁路，雁石坪成为一个铁路局的基地，物资、人员、医疗和其他后勤服务都集中在这里，一排排鲜明而整齐的简易建筑，给小镇增色不少。小镇的原有建筑却十分破旧和散乱，追随建设大军，许多小饭馆、小商店、车辆配件和维修部、小发廊、小歌舞厅也应运而生，特别是小镇上出入的时尚美女与这泥泞和杂乱的环境相映成趣。

吃点早饭，我们冒雪去探路。我们高兴地看到了那座立在风雪中的白塔，因为我们被告知这是进山道路的标志。然而，车开进去不足一公里，我们就不得不停了下来，前途一片迷茫，除了白塔和塔周围看上去格外臃肿的羊群，大雪覆盖了应有的路迹，我们不敢继续贸然前进。我下了车，才感到风极其猛烈，大雪扑面而来，我从未见过比铜钱还要大的雪片，何况它们还是结成团地扑打过来，几乎令我窒息。于是我们只得返回。

我们联系了几辆吉普车，联系了住房，又留心察看了铁路医院的位置。然后回到沱沱河兵站。沱沱河已是雨过天晴，阳光明媚。尽管含氧量低，空气却异常清凉。

长江的孩子们

下午，我们去唐古拉乡完全小学拍摄学校的孩子们。这是长江源头的第一座小学。一群孩子正在院子中做游戏，教室里又传来琅琅的读书声。下课的时候，孩子们围着我们嬉闹，在我们污泥斑斑的车体上写自己的名字，孩子们还向我们展示了一面旗帜，上面写着“长江小卫队”，而快乐与自豪写在他们的脸上。经历了一路的风雨和波折，看倦了苍茫群山和旷野，这些孩子天真活泼的笑脸和清纯稚嫩的声音，顿时使我回到了生活当中，一种极其人性化的快乐与幸福荡漾在我的心间。

长江源小学的学生，最小六七岁，最大不过十三四岁，竟是以女孩居多。他们住校学习，主要来自当地工作人员和附近牧民的家庭。这些孩子多数身穿藏服，所以应该是生长于此，也许他们有些从未离开过这片高原。除了从课本和父母口中获得某些不可理解的观念，他们对高原外的世界一无所知或者难以想象。然而，这丝毫没有减少他们的美丽、纯真和快乐。望着这一张张灿烂的笑脸，我感到，他们就像那些小藏羚羊和草原百灵鸟，拥有雪山草原给予的呵护与自由。望着这一双双好奇的眼睛，我又想，他们毕竟不是藏羚羊或百灵，他们本该享有现代人类文明创造的物质成果和精神财富，他们同样属于世界的未来，也理当走进天文馆、影剧院和少儿活动中心。在这种矛盾之中，这些生长在长江源头的孩子们，给我心中留下了永远流淌的清新美好和挥之不去的忧伤自愧。

傍晚时我出去散步，不料天气骤变，突然间就下起了暴雨。等我狼狈不堪地跑回房间，身上大半已经湿透。不过我很快又暗暗庆幸起来，因为我进门不到三分钟，外面的暴雨就变成了冰雹。大大小小的冰疙瘩密密麻麻地砸下来，像弹力球一样在泥土地上跳舞，大的冰雹可以和鹌鹑蛋相比。我一边脱去湿衣服一边开心地说：“要是我再晚回来几分钟那才叫悲惨世界呢！”当冰雹化成水之后，天空又是一片晴朗。

这一天，我们经历了最变化无常的天气。阴转小雨、小雨转大雪，大雪之后晴空万里，不久又阴云笼罩大雨倾盆，雨又变成冰雹。真正的气象万千。而这变幻莫测的天气，仿佛也在预示着我们不测的前途。但是我们已经是离弦的箭矢了，除了等待天气转好，让我们能够在荒原继续前进，别无选择。

雨雪频繁的天气和令人绝望的陷车境遇，使我们两天时间寸步难行。利用这个时间，我们暂时脱离困境，说一说关于长江源的认知和想象吧。

天造大江

天知道为了创造大江大河，大自然都做过什么惊世之举。青藏高原和水有着不解之缘，最初这里是海洋，海洋退去之后，在群山峰峦之间，它又创造了满天星斗似的湖泊湿地和经纬交织的曲溪河流。这就是青海被称为“山宗水源”的原因之所在。关于沧海桑田的演变、万类万物的诞生，一切都在江河初始之后发生了。

位居青藏高原的青海省，以中国最大的天然咸水湖泊而命名，但它与水的不解之缘，作为中国大江大河的孕育地而突显。青海南部高原，是伟大的黄河、长江以及东南亚母亲河澜沧江（湄公河）的发源地,因而有“三江源”之称,这里位处青藏高原腹地，平均海拔在4500米以上，所以又被誉为“中华水塔”。

长江，干流全长6300千米，流经青海、西藏、云南、四川、重庆、湖北、湖南、江西、安徽、江苏、上海11个省（区）、直辖市，流域面积180多万平方千米，贯穿青藏高原、云贵高原、四川盆地、长江中下游平原几大地貌区。

大江东去，浪淘尽，千古风流人物——苏东坡摆脱面对千山叠嶂、渺然征途的迷惘，把目光转向了万里长江的历史空间。

也许，一滴从冰柱上滑落的水珠真的无足轻重，一股从山岩间悄然渗出的细流也不能改变什么。然而，这就是那一切博大与雄浑的原始，是那震撼人心的交响乐的第一个音符。当千千万万水滴聚成水泊，当千千万万小溪汇成激流，从青海高原奔腾而下时，就是滚滚的长江了。

长江是我国稻作农业文化的孕育者，它的源头也同样引起了古人无限的向往和猜想。古人称长江为“江”或“大

各拉丹冬冰川　布琼 摄

江”。最早的记载也出自《尚书·禹贡》中，曰“岷山导江”，《水经》也有“江源于岷”之说，认为岷江是长江之源。显然此说并不正确。随着川、滇地区的开发与发展，除了文人墨客的猜测，学者们也对长江之源给予了更大的关注。明崇祯十四年（1641年），著名地理学家徐霞客溯金沙江而上，到四川、云南实地考察，发现金沙江是长江的上源，并写了《江源考》一书。徐霞客虽然成功地纠正了前人的错误，将江源的探寻之旅引入了正途，然而由于交通闭塞以及没有引起朝廷的重视，徐霞客与他同时代的人都没能将此旅行更向前推进一步。直到清康熙五十九年（1720年），康熙皇帝派遣使臣在探查黄河上源的同时，顺便考察了长江源头，但是使臣面对江源众多的支流感到眼花缭乱、力不从心，于是他只好敷衍皇帝说“江源如帚，分散甚阔”，便草草交差。1956年8月，长江水利委员会组织人力到曲麻莱等地实地查勘，仍未能找到真正的发源地。1974年12月，兰州军区第一测绘大队三队十三中队陈德安、万峰小组沿通天河上游的沱沱河溯源而上，认为沱沱河是长江江源众多河流中最长的江源。它发源于各拉丹冬雪山的姜根迪如

姜根迪如　何启金 摄

峰西南侧,从而解开了困扰人们数千年之久的“江源之谜”。

感谢自然造化和上苍恩赐。江源地区是以干旱著称的中国西部为数不多的水源充沛地区之一。源头属高原大陆性半湿润气候，年均气温 -4℃，7 月平均气温 7.4℃，年降水量 580 毫米左右。平均海拔 4000 米以上，所以这里长冬无夏，春秋相连，特殊的气候造就了面积广阔的高山草甸和高山草原。无论说到气候、地理还是植被，都离不开“高”“寒”这两个主题。

作为江河的孕育者，包括长江源在内的三江源地区，是地球上一个巨大的淡水资源宝库，它以万年冰雪和丰沛的地下水形态而储藏着、输送着，它每年为江河供给的水量对中下游的自然生态和人民生活具重要影响。在千万年的付出和流淌中，江源大地为中华文明的诞生、繁衍与发展补给了无尽的营养和能量，做出了无可取代的贡献。直到今天，长江、黄河、澜沧江产自青海的水量仍分别占各自全流域水量的 25%、49.2% 和 15%。中国 14 亿人中，有近 10 亿人生活里流淌着三江之源的水。这就叫作源远流长。长江发源于青海南部的高原山地，对于生活在这片土地上的人们来说，意味着它孕育了一种源头文化。源头文化具有象征性、神秘性甚至私密性。它细腻、内敛、单纯。从自然角度看，它代表一种万物共荣的生存文化。从人文角度看，代表一种传承融合的多元文化。

古老的链条

高原亿万年隆升的过程其实就是一段万物生灵不断演替变迁的历史。许许多多的生命就在这隆升的过程中消失在岁月的缝隙里，也有许许多多的生命种群不但千万年繁衍不息，而且还有了许多的变种和亚种。它们最终形成了眼前这样一个不可分割的整体。

相对而言，在江源地区，自然生态系统依然处在平衡运转之中。高寒的气候产生了大量的冰雪，冰雪融水创造了草原、森林和灌木丛，以水草为基础，各种野生动物和牲畜得以生存和繁衍，人也有了生存、生活的条件。水里有游鱼，空中有飞鸟，地上有走兽，山水、草木、鱼虫、禽鸟、草食动物、肉食动物、牲畜、人，各种事物相互追逐、相互依存、相互制约，这是一个均衡的链条，每一个环节都不能断裂或膨胀。多少个世纪以来，江源地区草食物种从没有过量繁衍，因为草地资源是有限的，肉食物种也同样维持着适当的数量，以保证它们有足够食物。有危害草场的草原鼠、哈拉，就有以它们为主食的秃鹫、游隼、猞猁这些猛禽与走兽。小到爬虫，大到金钱豹、野牦牛，从低级的浮游生物到灵长类，每一类物种都是自由的，但每一物种又都是受制于其他物种，维持着自身与整体的平衡。江源遵循着它的自然法则。

在江源地区，能够看到成群的候鸟在水中嬉戏，健美的藏野驴在草原奔驰，强悍的野牦牛咄咄逼人，能够看到神出鬼没的狼、机警灵敏的狐、姿态优雅的黑颈鹤、憨态可掬的熊。当然，臃肿的哈喇以及胆小的兔鼠，它们虽然危害草原却并非可有可无。

我们不能一一讲述这些精灵的故事，因为它们古老的生存弥漫于时空，对于我们来说，那永远是一团不可知的秘密。

草、兔、鹰，这是三江源生物链中小小的一环。如同微生物、鱼、流水、鹭鸶，如同雪豹、羚羊、草原。它们相互追逐、依存，相互制约、平衡。它们在迁徙或者滞留繁衍中表演着大自然的戏剧，书写着大自然的诗篇。

长江源头地区，同样是我国生物多样性最丰富、生物物种最为独特的地区之一。高寒草甸与高寒草原及高寒荒漠组成的环境中，紫外线强烈，中午地表可以酷热到 40℃以上，到夜间则可骤降至几度甚至更低，所以江源动植物随时都面临着这种极端变化的考验。很多植物都是多年生长一次开花，一旦花蕾绽放，整个植株便马上枯亡。然而它们绽放了，它们的根还在。

事实上，在大自然的规律和秩序之内，在自然的生物链和食物链之中，并不存在人类观念上的残酷或者血腥。竞争、追捕、猎杀、逃亡，都是造化的安排，是自然生态平衡所必须的条件与构成。而人类活动，如果不凌驾于自然秩序之上，不是无端的或者在贪欲支配下进行杀戮，则也完全可以将自身置于万物和谐之内，达到生存的天伦之境。

这便是庄子所说：“天地有大美而不言，四时有明法而不议，万物有成理而不说。”

平衡与和谐之忧

所以江源生态链条和谐平衡的价值和意义，并不仅限于作为一块单纯的自然地貌而存在。

鼠兔　文德 摄

藏狐　文德 摄

各拉丹冬冰川　蔡征 摄

地的自然景象和地理面貌将该如何描绘？中华民族的历史故事和文明篇章又该怎样书写呢？显然，这个假设没有答案。但至少可以相信，那样我们将不会拥有如此壮丽奔放的风光和源远流长的文明。幸运的是，我们拥有长江！我们拥有这大江的美丽、慷慨和她无穷的创造力，并因此拥有了一个生机勃勃的美好家园。

孔子曰：“迅雷烈风必变。”他告诫我们，面对大自然的力量，必须心存敬畏。建设一种维护平衡与和谐的生态文明，才是我们的拯救之路。

今天，长江源头的位置也许已经不是秘密，然而我们对更多事物的认识才刚刚开始。江源大地不仅托举着众多的大山，孕育了无数的源流，而且以世界最高的海拔珍藏并延续了大自然极为美妙的生命形态。高原亿万年隆升的过程其实就是一段万物生灵不断演替变迁的历史。最终它创造了一条完美和谐、循环不息的生命之链。

对我个人而言，幸运的是，我能够来到它的源头，踏入这神秘而圣洁的土地，途中的困难艰辛和生死感悟，我相信都是对我生命的奖赏，是对我灵魂的洗涤与升华。

以文明缔造者的身份，浩浩荡荡的江河总是受到人类的特别关注。然而，跟随史家、学者、文明人的目光就会发现，他们的焦点大多聚集在江河的中下游地区。只有作为特殊的使命或者寻求象征意义，才会有人探索源头。当然毫无疑问，在中下游地区，演绎过人类浩大的、光荣的、厚重的以及惨烈的故事。实际上，从纯粹的自然角度，中下游的江河几乎不再属于自然事物，“大江东去浪淘尽，千古风流人物”，它们已经被人文化了。

但是，当中下游的山林被砍伐殆尽，荒野开垦、水土流失、水源枯竭，人类的干预无所不在之后，如果溯源而上，在江河的源头地区，我们还能够看到，这里仍然保持着它被创造时的天然风貌，它仍然保持着独立而完整的自然存在价值。

在长江源区，以及整个三江源地区，雪峰、冰川、沼泽、千百溪流、草原荒野、万千鸟兽、茫茫云雾，由分水岭切割划分，在山的这边和那边，共同创造了长江、黄河、澜沧江。从物理时空或者想象时空来看，它必然是一个宏伟的自然殿堂。这个殿堂，当以长天日月为背景、以山峦峡谷为线条、以神灵的话语为色彩，方可描绘它的样貌。极目眺望或者环视，眼前的这一切，似乎都构成了一个宏大的叙事语境，必得以宏大的话语才能讲述。

然而，如果你放慢脚步，或者停下脚步，收回目光，侧耳细听，会发现有许多事物在等待你的关注，甚至正在用它们特有的语言轻轻诉说，等待与你交流。于是不经意间，你就会被它们带入一个微观的江源秘境。

微观的三江源隐藏着更多微妙的故事。当我们走进这座山水殿堂，就会发现，你所面对的，常常是一段波澜不惊的河流、一片山坡草地、一堆风化的岩石。甚至更加微小，那是一块石头、一株花草、一股泉水，或者一只草丛

玉树隆宝滩湿地　张有才 摄

中的甲虫、一只胆小而饥饿的狐狸以及一个在牧场之外便无人知晓其存在的孩子。然而却是他们组成了江河、草原、群山和人类生存故事。于是你便会意识到，在这里，微观叙事的价值胜过了宏观议论的意义。

一片云来到头顶，突然降下一阵冰雹，猝不及防，很快冰雹化作阵雨，开阔的山野一下子就缩小了许多，山坡上的老鼠迅速躲进洞里，天空鸣唱的百灵也转眼消失不见。雨停云开之后，除了天空更蓝、草地更绿之外，仿佛一切如初，什么都没有改变。然而，低头细心察看，几朵刚刚绽开的花朵被冰雹打落了花瓣，残花中甚至躺着野蜂的尸体，而另一些苞蕾正在吮吸唇边的水珠；一只仰面朝天的黑色甲虫努力翻过身来，很快找到那颗尚未打磨好的粪球，这阵雨似乎帮了它的倒忙。

一股泥石流顺着山坡滑下来，山体并没有因此显得瘦削，而被掩埋了洞口的旱獭，需要在黑暗中做出判断，朝着正确方向迅速挖一条新的通道，才能拯救它的幼崽免受灭顶之灾。那块加速滚落的石头“哗啦”一声撞击地面，突然间改变了山脚下一条小溪的流向，砾石中一颗原本没有机会发芽的种子，意外落进泥土，受到滋润。而搁浅的小鱼儿，无缘追随河流继续向前。

如果很长时间不下雨，牧人就得把牛群赶到很远的地方去饮水；如果下很长时间的雨，低洼的牧场就会变成沼泽湿地，而这样则会唤醒地下的其他一些生物，引来一群野鸭。

在江源，如果高空盘旋的鹰突然俯冲下来，那便是发现了远离洞口的老鼠。这是观察自然的方式。自然的目光是微观的。我们既称其为自然，一切便会自然而然。

穿越江源腹地，在秋天的荒原上，没有随手可摘的苹果和多汁的葡萄与石榴，也不能从泥土中挖掘土豆。然而令我意外的是，高原腹地那茫无边际金黄色的草原上，竟有那么多大大小小的水泊，连绵不断映入眼帘，随时调节着单调的原野风景；风吹起涟漪之时，仿佛可以听见阳光反照水面发出的银质的声音。野鸭游弋嬉戏其中，双双对对，荒野便是天堂。

根据经验，我预料途中可以看到几匹藏野驴，一两只机警的藏狐或者藏羚羊在远处眺望。却未曾奢望能够连续看见庞大的藏野驴群，甚至看见行动笨拙的棕熊、姿态高雅的黑颈鹤，它们在穿过草原的溪水边徜徉，悠闲自得。甚至还能遇见一个狼群，五六匹之多，它们不去狩猎，而是在山坡追逐阳光。一头公马鹿高扬着犄角站在山岩上，我猜想它并非表面展示的这般孤独或者放松，在那长着灰白色巨型牙齿的岩石后面，一定藏着雪豹的眼睛。最令我欣慰的是，当我们停下来观察，这些动物并没有感到害怕或者惊惶逃窜，而是以主人的姿态欣赏着我们这些路人。

我常常走进草原牧场，走进牧民的帐房去坐一坐。除了打招呼的问好，我完全不懂康巴藏语。总是会想方设法用表情用手势同人们交流。我总是努力猜想，那位对我视而不见的老阿

尕朵觉悟　张有才 摄

沱沱河晨曦　焦生福 摄

床极其松软，由于地势平坦，河床又非常宽阔，第一辆吉普车过河就用了40分钟。此后的三个多小时和二十几公里路程令我不堪回首。汽车一辆接一辆地陷进泥潭，而我们没有多余的人力和时间去拯救这些绝境中的车辆，只能不断地倒装设备，减少人员，以确保摄像师和机器继续前进。8点多钟，天空开始落雪，天色也提前黑暗下来，我们在一座山坡下停车扎营。此时只有一辆丰田和一辆吉普两台车了，而人员只剩下我、摄像师、技师、医生、动物学家和两名司机。我们冒雪支起的三顶小帐篷，很快就被掩盖在茫茫白雪之中。夜晚降临。

从沱沱河的气象站站长到雁石坪的牧民，当地人无不明确地告诉或暗示我们：你们此行运气不好，进入源头的希望极其渺茫。因为今年江源的降雨格外多，而且雨季滞后，因此气温也较往年同期偏高，原野没有如你们预测的那样封冻。还有一个证据就是，源头唯一的一户拥有手扶拖拉机的牧民，没有按时出来，说明道路不通。我们虽然作了充分的心理准备，但情况的严峻性仍然远远超出我的想象。我们确实已经付出了很多：张师傅突发急性高原性肺水肿，老谈的脸肿得像面包，小戴心脏虚弱严重高原反应，他们不得不返回格尔木。没完没了地陷车、修车耗尽了大家的体力和心力。我虽然为自己的心脏病作了充分的预防，但还是两次晕倒，持续发生心绞痛、窒息、恶心、眩晕症状。我真不知道还有什么在等待我们。我在心里默默祈祷，无比虔诚。

大家沉默着。虽然我们知道各拉丹冬已经不会远了，但这段路途和现在的天气似乎预示着前景黯淡。我脱下湿透的外衣，裹着睡袋蜷缩在吉普车里。我喝了几口冰凉的矿泉水，就着藏族司机递过来的一块风干肉，心绪不宁地等待着其他车辆的消息。然而对讲机里一片寂静。

生死之间

大约夜里十二点多，我听到对讲机里有声音！我跳到车外,看见一柱车灯从大雪中透射过来。我眼前一片光明！老金、摄像师小曹和另外两个人来了。天知道他们是如何在黑暗中把这辆车弄出泥潭的。这种重逢的喜出望外难以描述。

于是我们怀着重新燃起的希望，各自缩进车里入睡，等待天亮。可是不久，不幸又发生了。司机老林在服药后出现青霉素过敏！医生进行急救处理，偏偏他不会开车，勇敢的林师傅只能在医生的陪护下，一边吸着氧一边开车把自己送回大本营。然而祸不单行，黎明前老金终于被过度的忧虑和疲劳所击垮。小曹只得用唯一能开动的丰田车送他返回大本营。

谁都没有睡好。早晨 7 点起来，我们五人用喷灯化雪水煮了方便面。直到下午 3 点，我在焦虑不安中度过。我们处在一个山间洼地，除了四面光秃秃、白茫茫的山坡，远景一无所见，前途茫然无知。最担心的是，在没有医生的情况下，我不知道两位来自北京的拍摄人员还有我自己，在这海拔 5000 多米的长江源头会发生什么变故。如果有什么不幸，我们能够做的就只有祈祷。

我想让司机把仅剩下的一辆吉普车设法发动起来。我仿佛总是听到一个呼唤，感到一种驱使。虽然在这里看不到雪山和源头，但我明白她应该就在前方不远的地方。她必须在那里。如果这辆车能开动，我将不管医生在不在，我一定要去找她。

然而，吉普车打不着火。我彻底陷入了绝望。

下午 3 点，那辆最为顽强的丰田车滚一身污泥回来了。医生和小李带来了好消息和坏消息：老金和大家的身体都没有多大问题；仍然有四辆车陷在沿途的淤泥里；昨天夜里从大本营送林师傅去雁石坪铁路医院的车，出发不久就冲进了一个水塘，上天保佑林师傅在囚困一夜之后已经自行脱险；老金决定全体撤回大本营再商议进退，以确保人员安全。

最后的努力

我不甘心就此离去。我对已经心灰意冷的摄像师说，我们再往前面去看看吧，直觉告诉我，翻过那个山坡就应该能看到长江源头了，我们哪怕远远地望她一眼也好啊！我固执地坚持着。因为我一直深信并且强烈地感觉到，我与源头之间有一种神秘的缘分，有一种古老的默契联系着我们，她将在那里等待我，以某种方式迎接我。我能真切地听到她的呼吸。

可是，车辆只往前走了两三公里，又被山脚下一大片沼泽挡住了去路。我头脑一阵涌血，心脏隐隐作痛。我跳

昆仑山　布琼 摄

各拉丹冬冰川　文德 摄

通天河　蔡征 摄

不是强行进入自然,而是让自己成为生态的一部分。我想，这是一门需要艰难探索的哲学和伦理学课程，需要巨大的智慧。

走出源头地区的洪荒，我们追随流水进入群山，在通天河峡谷两岸,草原和山林,那是人与自然同生共存的家园。

坎卓措湖　张有才 摄

下篇

走进人文家园

至于长江源头地区的人文生活，同样延续了千百年，它的主体和灵魂还将传承下去，然而，玉树大地震之后，源头地区的人文生活，在与当今现代相呼应、相适应的过程中，产生了明显的变化。那么对于变化和即将逝去的事物的记录，不是更值得留下来吗？所以，尽管我曾一次又一次抵达源头，数次走进江源地区，但我依然珍视这首次的经历。

对于受江河养育的儿女来说，对源头的渴望始终都是我们生命的一部分，这种渴望中既含有宗教性的神圣，又洋溢着人性化的温馨。因为在那源头，藏着母亲诞生时的全部秘密。

然而这一年，我们没能抵达源头。或者准确地说，我们遗憾地没能目睹从冰川上滑落的水珠如何汇集成万里长江的第一股生命之流，但是我终生不会忘记我面对各拉丹东雪山失声痛哭的那一刻。

玉树，玉树

任何一个地方，如果那里山川逶迤、江河纵横，那就应该是一片充满蓬勃生机的欢乐祥和的土地；如果那里因为千古涌泉、万年冰雪而成为大江大河的发源地，那就肯定是一片蕴藏着灵气和造化之美的土地；进而，如果那里并非是一般江河而是长江黄河的发源地，是伟大的东方文明母亲河的摇篮，那就必然是一片受到神灵格外恩宠的土地；再进而，它并不仅仅是一片世外山水，而是人类与万物共生同享的乐土，那么，除了对它顶礼唱颂，我们还能做什么呢？

玉树就是因为拥有这样一片土地而变得神圣，变得令人自豪。

记不得已经去玉树多少次了。对于寻

结古镇　文德 摄

访、谈论以及向往玉树的人来说，每个人有每个人眼中和心中的玉树。而对于我，它是雪峰辉映、江河原始、人神共舞之地。我对它的热爱还来自一个更加情感化的原因：这里也是我妻子生长的故乡。

从西宁前往玉树藏族自治州首府结古镇，现在已经十分便捷了。乘飞机当然最快，然而并不是一个真正行者的首选；沿公路乘车而行，尽管途中高海拔路段有冻土变化造成的起伏，若不过于留恋沿途风景，一个白天即可轻松到达。而从昆仑山南下，穿越莽原，翻越山岭，一路有可可西里的藏羚羊和鹰鹞伴行，有楚玛尔河伴行，即使不离开公路，也可以称得上一次壮行。

曲麻莱、治多、称多，在长江及其众多支流蜿蜒之地，到处都有目不暇接的壮丽山水、采撷不完的传说故事、领略不尽的民族风情。在民间，藏语传统上称此地流淌的长江之水为“治曲”，意为从母牛鼻子流出的水源，亦可理解为母牛之乳。

这是人们情感和生命的孕育和滋养之水。

万类家园

长江正源沱沱河，以及南源当曲、北源楚玛尔河，像一把雪山莽原打造的三叉戟，共同组成了长江源区。沱沱河与当曲汇合在一起水量大增，奔腾而下，溯流眺望仿佛通天，由是称之为“通天河”。这个名字与李白“黄河之水天上来”有异曲同工之妙，似乎又更加含蓄一些。通天河仍然穿流在青海南部高原玉树藏族自治州境内，在接纳巴塘河后进入西藏与四川交界处的高山峡谷之间，称为金沙江。然后进入云南西北部狭窄险峻的横断山脉，与澜沧江和怒江分别劈崖裂谷，隔山呼应，共同塑造了三江并流的自然奇观。最后到四川宜宾与岷江汇合，始称“长江”。

沱沱河变成通天河之后，已如同天河落入人间，不再苍凉寂寞，两岸渐渐人欢马叫、牧歌悠悠、炊烟袅袅，它由一片高冷神域变成了自然与人文同构、人神与万物共享的家园。

在群山拱卫之中，整个玉树地势隆升，草原辽阔，草场面积 1200 多万公顷，是重要的牧业区。山河构成了全州地貌的主体，境内 5000 米以上的高峰就有 2000 多座，特别在中西部密集的雪山冰川和广阔的高山草甸之间，以遥相呼应的山脉雪峰为分水岭，分别孕育了黄河、长江、澜沧江三大江河的源流，源流曲溪呈现扇形汇聚，然后不断壮大，各自奔腾而去。神秘壮丽的山川，不仅成为中华文明母亲河，也成为众多野生动植物生存、繁衍的乐园，许多动植物是世界珍稀或者高原独有的。比如野牦牛、白唇鹿、藏羚羊、苏门羚、雪豹、黑颈鹤，冬虫夏草、贝母、雪莲、大黄、红景天，等等。作为江河发源地，玉树的生态平衡和环境保护意义重大，对中下游广大地区生态环境和社会发展具有深远的影响。国家级“三江源自然保护区”，几乎涵盖了整个青海省西南部，包括可可西里在内，涉及面积 30 多万平方公里，是世界最大的自然保护区，玉树州的大部分在这个区域之内。

歌舞之乡

玉树，藏语意为“遗址”，据说这里是英雄格萨尔的王妃珠姆的诞生地，因此后人将部落命名为“玉树”。在通天河畔，考古发现有旧石器时代人类活动遗址。古时这一带为西羌地，是青藏高原南部的卡若文化和北部的卡约文化交汇之地，所以成为青藏高原一个重要的历史和文化区域。隋代，这里是著名的苏毗女国和多弥国的一部分，唐代属吐蕃统治的孙波如，唐蕃交往通道“唐蕃古道”经黄河源头，过通天河，穿越玉树草原到达西藏，元代以后由中央王朝正式纳入直接管辖。由于囊谦头人经常代表这一地区藏族部落出面应酬政治社会事务，所以玉树地区部落又被称为囊谦 25 族。

玉树是一个以畜牧业为主的地区，东部通天河河谷地带有少量农业区。民居与山区的石碉房、串木楼房及河谷盆地的土木房不同风格，主要还是辽阔草原上的黑牛毛帐房。玉树地处青海南部同四川和西藏分别连接，是川藏茶马古道和三个地区之间的交通枢纽，所以也是人员交往和商业贸易的重要集散地。玉树位于康巴方言区的中心，创造并保持着鲜明的康巴文化特征和浓郁的地方民风民俗。这里的藏族文化以民间歌舞艺术和宗教文化为代表。据说，六百年前，结古寺的一世嘉那活佛是一位具有非凡艺术天赋的奇才，他依据民间舞蹈，编创了一百多种“多顶求卓”，从而奠定了玉树歌舞之乡的基础，玉树歌舞在发展过程中，

藏族舞蹈　张有才 摄

又吸收了藏、川、滇地区的藏族歌舞精华，形成了别具一格、具有极高观赏性和艺术价值的民间歌舞流派。玉树是藏传佛教广泛传播的地区，由于处于青、藏、川、滇的交界点，历史上藏传佛教各教派均在这里建寺传教。文成公主庙、结古寺、竹节寺、勒巴沟（贝纳沟）石刻、嘉那嘛呢石堆等宗教场所，都表现出鲜明的特征，有特殊的研究价值。

在我看来，玉树不是一个拥有很多显赫历史遗存和名胜古迹的地方，至少我个人认为这些并不重要。之所以如此，是因为它的自然与单纯。这里有天然的草原、天然的山水、天然的生物和游牧民族天然的生活。如果说有什么地方依然保持着一种牧歌时代的优雅和神奇，保持着牧歌时代的自信与欢乐，这个地方就在玉树，就在江河之源。歌、舞、诗、乐，爱情、信仰、勇敢、善良，通过人们的肢体、行为、口耳、心灵代代相传，塑造了江源人的个性，塑造了他们同万物和谐相处的生活方式。在玉树，我对历史或者古迹的兴趣减弱到了最低程度，因为它那如山水和草原一般清新质朴又绚丽浪漫的诗意生活让我迷醉。

玉树特殊的地理环境和民族风情，创造了独具魅力的旅游资源。江河源头科学考察和探险旅游、康巴民风民俗和歌舞艺术的体验旅游，是玉树旅游的突出优势。江河源头探险需要有良好的交通保障和后勤保障，还要有较好的身体条件与心理素质。春季和初冬气候并不理想，不过大地冰冻道路比较好走，夏季是源头风光最美丽的时节，但也是路途最为险阻的季节。夏季绝对是体验民族风情的好时候，在玉树赛马会或艺术节上，康巴节庆的隆重仪式、多彩的民族服饰、优美的传统歌舞、康巴汉子的英武豪放、康巴女子的美丽多姿、温馨的牧民生活，都让人充分领略江源大地的无限精彩。从西宁去玉树，翻越海拔接近 5000 米的巴颜喀拉山口便进入通天河流域；从玉树去往果洛州和四川甘孜州的石渠十分方便，也可向南进入西藏到达扎曲和吉曲交汇成澜沧江的昌都；如果向西偏北穿越草原和无人区，又可涉足江源冰雪秘境。

玉树是一个好去处。在这片土地上，我深深体会到，江源的山水风物是大自然的匠心独运，它博大、壮丽、冷峻而又含蓄；江源的人文故事是道法自然的结晶，它纯朴、热烈、高贵而又深邃。这里的自然之美和人文之美是不能以凡常之态去赏玩的，我们只能以敬仰之心和热爱之情才能感悟它的真谛，因为这是一种如庄子所说“天地有大美而不言”的神话或哲学意境。

从巴颜喀拉山进入玉树州首府结古镇，要跨越位于称多县境内的通天河大桥。现在这里有三座大桥，由低到高，呈梯级状依次排列，横跨河面。第一座大桥于1963年7月建成通车，结束了千百年依靠羊皮筏子摆渡的历史，如今这座桥已经封闭禁行，桥头和桥头前的“通天河大桥”石碑，湮没在一片杂木与荒草之中，桥身两侧栏杆挂着的重重叠叠的经幡已经褪色，在风中褴褛飘扬。我感叹一声，感谢热衷于拆除一切的现代人留下了它，因为我曾多次从这桥上走过。它如同一位老者，屈肢低俯河面，身经风雨沧桑，腹藏岁月记忆，隐遁不语。第二座建成于2005年，是一座现代化大桥，更宽更坚固，可以说它是2010年玉树抗震救灾的英雄桥、功勋桥，救援物资和人员从这里进入震区，许多生命垂危的人从这里送出获得生机。我也是地震第二天从这里进入玉树。此桥目前仍可通行，所以它也在当之无愧地不断接受着人们的感激与祝福。第三座高高耸立的是高速公路大桥，于2017年通车，据说是我国首条穿越青藏高原多年冻土区的高速公路桥，也是青海省海拔最高、墩身最高、连续梁跨度最大的公路特大型桥梁。它正值青春，风华正茂，凌空飞越天堑。

站在三江源碑的高台眺望，在阳光照耀下，通天河如玉带，深深嵌入群山之间，蜿蜒西来，又逶迤东去，雕琢出陡峭有力的河岸。两岸之间，这三座桥梁错落分布，恍如奇幻，它们仿佛不再是钢铁与砖石水泥物质的构造组合，而是变得飘忽柔软，如同三条时空通道，把人们引入遥远的遐思与幻想。我只能依靠有限的知识去想象，60年以至数千年前，迁徙牧人、官员商贾、传教僧侣、征战军卒以及流浪骚客，踏破春秋寒暑，如何在那狭窄简陋的古渡口风餐露宿、徘徊等待、南来北往，更别说文成公主和她浩浩荡荡的车辇人马渡河西去。当时是一种怎样的景象，又

三江源之碑　张有才 摄

是怎样的艰难。如今，除了河边的耄耋之人，恐怕没有谁经历过多年用羊皮筏子渡过激流波浪的惊险了。

翻山越岭的道路曲折而凶险，在高峰深谷之间，通天河不得不时常隐蔽起她的身影，有时杳无踪迹，有时不过谷底一线曲流，有时又赫然惊现于眼前。是的，在苍茫大地上，一条河流也是渺小的。然而崇山峻岭不仅没有湮没扎曲的容颜，反而成就了她的美丽与倔强。在高耸的断崖之下，峥嵘的山峦之间，险峻幽深的峡谷之中，这一湾流水的身姿，显得更加清澈、柔美、坚韧自信。山峰是来自传说世界的英雄，并非为悲剧的讲述而挺立，他们勇武地站在四周，是为了拱卫穿越这片大地的远古梦想。可是除了面对高山峡谷大河的震撼和惊异，我更多体会到的是卑微、失落和感叹。人类太渺小了。我深深感到，这些宏大山水，原本就不是为人类这种脆弱的物种而创造的，它为空中的鹰、为山间的雪豹和岩羊而存在。

在通天河之畔，不只有传说中的“晒经石”，还有令人惊心动魄的险峰秘谷。它们的诞生，一定出现于天神斧斤挥舞之际，世间万物尚未命名之时。只任由岩石丛生、横空恣肆，亿万年的风和流水，为它洗涤肌肤，抚慰性灵。红苔、苍柏、白云，赠予四季衣着和装饰，而后才有鹰鹫飞过，雪豹追逐羚羊而来。无数事物穿越混沌和夜幕径自存亡,或者蹒跚远去。而马帮以及汽车到达结古镇这个“集散地”，是启明星落下之后才出现的故事。

结古印象

结古是一个让我感到十分亲切的地方。

地震之后废墟中诞生的新玉树，如同凤凰涅槃再生，美丽整洁，已经有无数的介绍和描述，而我更愿意把它地震前的模样、数百年时间雕刻的形象呈现在这里。我怀念多年前我置身其中并且热情描述的那个结古镇，那个曾经拥有牧人、商人和梦游者多种身份和无数酸甜苦辣故事的高原小镇，也许这是一种纪念，一种不释的情怀。

“在四座大山交汇处，形成了三道山口，恰似小镇的三个大门。扎曲河从西大门缓缓而来，巴曲河由南大门注入城区。两河于镇中交汇，出东大门直奔通天河而去。南北山脚下，是当地农民耕种的小块

玉树震前　吴忠雄 摄

农田和相对集中的民居，人们以半农半牧为生。至河谷中间，是依托‘丁’字形河道而发展起来的城镇。镇子的建筑物极不一致，现代的高楼、低矮的砖木平房、华丽的藏式阁楼，简单的传统藏式‘一面坡’，排列或者穿插连在一起，表面看起来不协调，但其中透出浓浓的生活气息，如同一本打开的小镇史书，让人读出不同时代的故事。在周围平均海拔五千米以上的峰峦环绕中，这个小盆地海拔只有三千七百多米，气候温和，空气湿润，植被茂盛，是不可多得的高原谷地。”

州府结古三省通衢，是历史上唐蕃古道的重镇，也是青、藏、川三省区交界的贸易集散地。结古镇的城镇规模不大，它给我的直观印象是浓郁的民族生活气息，因为藏族是这座城镇居民的主体。另一个印象是，“三江源”这个概念成为城镇的最大名片，到处是以此命名的醒目招牌，餐厅、宾馆、商店比比皆是，可见玉树人是何等的引以为豪。

结古的新寨嘛呢石堆让我深深震撼。有人估计它堆积有数亿块之多，难以想象它隐藏着多少岁月和多少不为人知的故事。

嘛呢石　陈战荣 摄

结古寺　张有才 摄

黑颈鹤　路自强 摄

的“头发”把它提起来，看看究竟是一个什么样的精灵在下面托举着它。茂盛的草丛中和涌泉溪流间还繁衍着许多爬行或两栖小生物。

有一家牧民居住在这里，这家的小伙子兼做保护区的管护员。他高声喊我不要再往里走，他说沼泽内部的水很深，如果不慎会出意外，牦牛都不到里面去。我选了一块较大的“岛屿”作基地，开始寻找鹤的仙姿。

“牧马人”黑颈鹤

距我不远的地方就有两只黑颈鹤。黑颈鹤体态婷婷袅袅，沉稳优雅，一身灰衣黑颈的质朴，反而更加显示出超凡脱俗的贵族气质。两只鹤似乎并没有被我们打扰，她们依旧在悠闲地漫步，并不时发出鸣叫声。我想，那声音肯定不是在向我们问好，它们不喜欢这些生物。现在我才知道，为什么这些高贵的鸟类及其他一些高贵的生物，总是躲到离我们远远的地方，惧于和羞于与人类为伴了，难怪那些得道的仙人们也总是轻蔑地望一眼尘世，驾鹤而去。

这时候，两只鹤拍打着翅膀飞起来了。这飞翔猛然间在我心中扇起一阵古色古香的秋风，激起一股孤独而美丽

斑头雁　文德 摄

白唇鹿　文德 摄

的诗情。我紧紧地用摄像机镜头追踪着她们。她们飞上蓝天，飞过我的头顶，飞越我喜悦而绝望的挽留，向白云的远处飞去。我把镜头对着她们消失的地方好一会儿，希望她们听到我的心声再回来。然而它们没有回来。

隆宝滩是青藏高原上黑颈鹤的最主要繁殖地，所以在沼泽深处，还有许多黑颈鹤。黑颈鹤被藏族人奉为神鸟，藏语称其为“格萨尔达日子”，意为牧马人，据说她是英雄格萨尔神马的守护者，这个称呼中包含着高尚、纯洁、权威和责任心的意义。她们每年 11 月飞往云贵高原，在天寒地冻的早春又飞回来，在此繁育后代。与鹤为伴的是长嘴百灵和其他我叫不出名的鸟儿，它们不停地在空中歌唱，在水和小岛之间跳来跳去。如果黑颈鹤是这山水中的仙子，这些鸟儿就是她们的精灵使者，她们给这片大地带来了诗情画意。在沼泽的另一边有一群牦牛，在我看来，它们的温和文静与那粗野的体格极不相称，但是也许它们知道，只有这种高贵优雅才能与这安宁祥和的仙鹤之境相称。

生命乐园

在广阔的草原上，在山川与湖泊、河流之间，除了牧人的牛羊，还有野驴、藏羚羊、野牦牛、白唇鹿、马鹿狼、棕熊、雪豹、金雕、兀鹫，等等，世代生息繁衍。在20世纪60年代以前，人们经常可以看到它们成群结队地奔驰着、追逐着;除了这些世居于此的，还有许多空中的旅行者，像斑头雁、棕头鸥、鸬鹚、大天鹅、黑颈鹤这些候鸟，她们每年往来于太平洋、东南亚、南亚与高原之间，在这里生儿育女繁衍后代。现在草原上见到野生动物已经很不容易了（草原鼠除外），毁灭和破坏主要来自人类大规模地猎杀和人类活动领域拓展、生存资料需求极大提高，人类消灭了它们的种群繁育能力，摧毁了它们的生物链，侵占了它们的生息地，破坏了它们的生存环境。于是我们今天能够看到这片湿地和这些自由美丽的生灵已经成为一种奢侈。

草原为这世界保持了一块洁地，为我们的生存保存了一种尊严和希望。这绿地上的仙鹤就像一首诗，她代表着自然和人类精神的高贵与完美,那是一种与神一致、与自然道德一致的美。让我们祈求她不被人类扼杀，让我们祈求她不要弃我而去。

与脆弱的人类相比，世间许多事物更富有强大的生命力、坚定的意志和神奇的魔法。我相信，在这些事物中，就包括那遍布大地而又隐藏着无限秘密的石头。

神灵的驻栖地

石头与人类朝夕相伴，它千姿百态，奇形怪状。它大而形成山峰巍然屹立，小而成为沙粒，能够随风飘荡；它时而凶猛如虎豹，时而温顺似牛羊；它秀丽玲珑如仙女，狰狞恐怖似鬼怪；它还可以奏出不同的音响，以神奇的语言讲话。这一切都那样奇妙，透出令人类惊喜而又敬畏的神性。它永恒坚定不可动摇，它变幻无穷难以把握。石头于是成为人类的崇拜物。石头还是记载人类远古文化的史书。打制、

嘛呢石　焦生福 摄

磨制的石器，关于生活与爱情的岩画，石刻的人与鸟兽，口耳相传的关于石头变人、人变石头的故事，都给我们以无尽的启迪。也许我们的祖先知道：他们的生命脆弱而短暂，那能够与时间抗衡的物质只有石头，石头使他们的精神、他们的情感留存下来，向我们诉说。白色的石头、黑色的石头、红色的石头，它们都具有不同的神秘属性和象征意义。可以说，石头是一支无声的颂歌，它赞颂神灵的伟大，歌唱人类生命的欢乐。

至今我们都会看到那充满神性和灵气的石头依然生机勃勃，神与精灵（当然还有一些魔怪）并没有因为人类机器的轰响声而从石头中搬走。

青藏高原，这块地球上最大的巨石是从汪洋大海中诞生的。我敢说，自从最初的创造者完成开天辟地的伟业以来，地球上再没有能与这个婴儿的诞生相提并论的奇迹了。因而这个高原上的人似乎与石头有一种奇缘。我这样说，是因为我想起了，我看到了遍布高原每一片草地、每一座寺庙的那些充满着神谕、灵性和生命的石头——嘛呢石。

有灵魂的嘛呢石

上千年来，智慧而虔诚的藏族工匠在任何一个圣洁的地方，在大大小小的石块石壁上雕刻出佛祖的六字真言、经文或佛像，在村寨、山脚、路口、河畔、寺院，这些石头被不断地堆积、汇集，在有些地方形成长达几千米的嘛呢石经墙，形成数以亿计的嘛呢石堆，或者把整条山谷变成嘛呢石的长廊。

在距结古镇不远的新寨，有一座巨大的嘛呢石堆，称为嘉那嘛呢石经堆。有记载说，明朝洪武年间，结古寺第一世嘉那活佛在梦中受到文殊菩萨的启示，开始在这里雕刻供奉嘛呢石。600 年来，形成了这个规模庞大的石刻建筑群。嘛呢堆中心，是一座用红色嘛呢石垒成的宝塔，宽大的石经墙环绕在周围，五彩经幡和哈达迎风飘扬，营造出一个神秘庄严的时空。有人估计这里堆积着 3 亿、5 亿或者 25 亿块大小不一的嘛呢石片，尽管许多人倾向于后者，但我觉得 25 亿这个数字还是有些不可想象，因为在这偏僻的一隅之地，600 年间需要平均每天增添约一万两千块嘛呢石，这显然难以达到。其实，面对这座特殊的圣殿，石头的具体数量已经不再重要，因为它已经凝为一体。

除了六字真言，这些石片上刻有整部的经典、佛像以及律法、历算、艺术方面的论述，其历史文化价值之高，被称为“世界第一石刻博物馆”。这是一座座不朽的庙宇。它给世代祈求幸福、寻找希望、渴求来世的人们以精神的抚慰和灵魂的许诺。这些特殊的庙宇不仅不为自然力和人力所摧毁，而且在不断地生长。它生长在高原，生长在人们的心中。数百年来，它们被守护、被供奉、被顶礼膜拜。

在这里我曾遇到一位雕刻嘛呢石的藏族老人。他衣衫褴褛，身上那件无面老羊皮袍不知穿了多少年，已同他的皮肤浑然一色，我无法估计出他的年龄。据说他已在这里好几年了，几乎没人知道他从哪里来，为什么来这里，他是否有家人，等等。他每天把刻好的嘛呢石放到石堆上去，有时候，一些善男信女和游客也从他那里面要来嘛呢石添加到石堆上，并给他一点钱，他就以此作为生活费和用来购买彩绘嘛呢石的颜料。我也从他手中“买”了几块放到嘛呢堆上，并把其中的一块在石堆上放了一下拿回来，但据说这是不允许的，似乎这是对神灵的不敬，然而我从我的精神出发，带着一种虔诚的敬意做这件事，我想神灵是理解我原谅我的。看着老人风雨沧桑的脸和手，我深信雕刻嘛呢石对他来说绝非迫于生计而为之，那肯定是一种生命的需要，灵魂的需要，为此他获得了生命的宁静和超然的喜悦，这些神圣的石头将会带着他的灵魂沐浴在佛祖的光辉之中，使生存获得永恒。是无数虔诚的心灵使这些石头不仅具有生命，而且具有法力。它们聚集在一起，千百年来上承星辰风雨之精华，下引山水大地之灵气，它们接受着千百万灵魂的祈祷与供奉，显得更加宏伟，更加威严。它就是无边的佛法，它就是大慈大悲的佛祖。每天，每月，每年，信徒们环绕着它诵经磕头，向着它诉说祈求，面对它谛听感悟。

置身于宏伟壮丽的嘛呢石堆，我仿佛听到聂鲁达在马丘·比丘之巅发出的邀请："同我一起吻那秘密的石块……"

莲花般的大地

跳舞吧！跳舞吧！
莲花般的大地，
是跳不塌的呀！
小伙子的双脚，
是跳不折的呀！
——藏族民歌

在玉树地区，流传着这样一句俗语，叫“会说话者便会唱歌，会走路者便会跳舞”。足见江源山水孕育了一个何等懂得将生活变成艺术的民族。玉树以其歌舞丰富、美妙、历史悠久，被人们称赞为歌舞之乡。

歌舞的大地

通天河两岸，城乡牧场，是歌和舞的

海洋，无论你走到哪里，都会听到人们嘹亮的歌声，看到他们优美的舞姿。他们用歌与舞来赞美心上人，赞美生活，赞美大自然与神灵的厚爱。

江源的人们对节日格外重视。除了藏历新年和各种宗教祭祀活动，赛马会、转山会等都是盛大的传统节日。毫无疑问，节日是民族文化的大载体，更是玉树歌舞艺术的集中展示。我曾经在玉树目睹传统赛马会盛况，也许那绚丽热闹的场景并不是深入了解康巴文化的最好机会，但是这种置身其中的体验却对我产生了前所未有的震撼，它让我感受到江源人或者康巴文化富于生命激情的一面。

江源人成功地将诗、乐、舞三种艺术形式融为一体，创造出了种类繁多、内容丰富、风格独特的民族歌舞艺术，是藏族民间艺术的杰出代表，也是东方艺术的瑰宝。

一首关于歌的康巴民歌这样唱道："要问我歌儿有几多 / 比草木还要多百倍 / 要问我歌儿有多美 / 比彩虹还要美百倍 / 要问我歌儿多柔和 / 金丝缎比她还不配。"

一首关于舞的康巴民歌这样唱道："雪山请你向后让一让 / 因为雄鹰的翅膀展不开 / 江河请你向后退一退 / 因

玉树赛马　文德 摄

为我们的舞步迈不开。”

盛夏狂欢节

七月的草原是真正的人间天堂。当你在众多内陆城市甚至沿海城市面对酷热痛苦不堪的时候，当你被空气中蒸腾的汽车尾气和人体汗臭窒息的时候，长江源头的草原上，正是天高气爽，鲜花遍地，牛羊成群。这是欢乐的季节，这是爱情的季节，这是歌与舞的季节！我曾不止一次在这个季节来到康巴草原。这时长空湛蓝，大地翠绿，点缀蓝天的是朵朵白云，装饰草原的是五彩斑斓的花朵，而在这天地之间是终年积雪的山峰。什么样的舞台能有这样的宽阔，什么样的舞台能有这样的美丽？这时候，平时游牧四方的牧民们带着青稞酒从四面八方聚到一起，支起帐房，杀牛宰羊，往日空荡荡的草原一夜之间便会出现一座由上千顶各色各式帐房组成的“帐房城”，人们载歌载舞，通宵达旦，数日不散。

“什么地方人类精神得到自由，人们就要庆祝。所有文化都纪念那些在他们眼里使之与众不同、使之富有意义的事件。在每年一定的日子里，人们心中的人性会定期地

玉树赛马　昂公扎西 摄

黑帐篷　张有才 摄

抛开日常生活的烦恼，沉浸在节日的喜庆之中，有时甚至连文化压迫和经济贫困也统统地抛在脑后。”（维克·特纳编《庆典》）节庆是人类精神自由的一种夸张的表达形式，它表现为人们对其生命和财富的毫无顾忌地挥霍，实际上对很多人来说，他一年的辛苦劳作、积累的财富正是为了在节日的这短短几天内挥霍一空。在节日中，平时思想与生活最严谨的人也会做出一些令人瞠目的事或说出一些使人惊讶的话来。节庆是一种生命的解放。江源人的节日就是为了欢庆丰收与祥和，为了享受时光和生命。

以感恩的形式面对生存

每个民族都创造和保留着一系列与神灵、祖先、英雄、生殖、丰收、爱情有关的节庆活动，不论这些节庆是神圣肃穆的，还是世俗狂欢的，它都表现为人性借助生命的激情对日常伦理反叛和超越，事实上，许多主题严肃的庆典和祭神祭祖活动，在短暂的仪式结束后随之而来的依然是那欢天喜地的世俗歌舞。遗憾的是，源远流长的汉民族文化中那丰富多彩的传统节庆已流失太多了，保存下来的一些也失去了原有的文化内涵。节日的死亡和简化标志着一种文化的僵化，标志着一个民族的精神和感情丰富性的丧失，这种现象反映出对现实生活压力的屈服，反映出对物质利益原则的屈服，在物质进攻的地方，精神便退却了、投降了。当人成为物质的奴隶之后，他的精神也同时失去了自由。这在西方的发达社会里表现得更为典型。

庆幸的是，在众多物质文明并不发达的地区和民族中，为我们保存了那座人类精神的乐园。今天，都市人的旅游热情日益高涨，其中一个重要的流向就是观赏体验民族民间文化。我不知道这对“文明人”能有多大的帮助，或者是他根本就是抱着一种猎奇好玩的心态而去，但在这一行为的内在需要中，却表现了一种精神的回归，它使人们面对自己生命和情感中失落的那些部分有所思，也许它能提示这些人，使他们隐隐约约记忆起一个古老的梦，使他们能在一瞬间摆脱沉重的外衣，生动直观地面对生存。

盛大的节庆活动是一个民族文化的集中展示，从节庆中的仪式，以及仪式中使用的物品、道具和节庆中的歌、舞、服饰中，我们可以直观地看到这个民族的宗教信仰、习俗、生活方式、伦理观、价值观和审美。而对于这个民族的每

玉树歌舞　马福江 摄

一个人来说，他们并不是自觉地意识到这一切，他们所要做的就是听从生命的内在需要，使自己达到一种升华或沉醉的境界。每种节日都有一个不同的主题，同一个主题对于不同的民族来说所包含的文化意义和感情色彩也不尽相同，在形式上更有很大的差别，但我深信，对于生命来说，所有节日都意味着自由和快乐！

同歌一样，舞蹈绝非发端于人类闲暇无聊的一种发泄，而是出于生存的需要。如果我们在舞蹈时投入自己的灵魂和全部的生命去体验，我们就不难理解这一点。一方面，它产生一种力量，这力量是超自然的，它向某种更高的存在接近；另一方面，它是一种语言，一种诉说或者是祈祷，并且能够被你心目中的那个“神圣”所理解和接受，这是一种奉献。民族民间舞蹈的魅力不是因为它是一种欣赏性的艺术，而在于这是一种我们可以进入的生活，这种生活合乎自然，合乎神意。

在人类的躯体所能传达出的所有信息中，最直观、最易于被人类和神灵理解的，也许就是舞蹈了。在许多民族的神话传说中，舞蹈是天神所赐或者是从天神那里学来的。

夏日的草原，到处充满着生机和音乐，这草原是神灵和人共有的舞台。

生命的艺术

与现代舞台表演不同，民族民间舞蹈的目的不是“表演”，而是参与，它的功能不是用来娱人，而是娱神和自娱，因此与其说它是一种舞蹈艺术，不如说它是一种生活艺术或生命艺术。

民族民间舞蹈不存在动作和造型的创造性，一套简单的动作可以无限制地重复，千百年来变化无几。难怪有人对我说：“我真不明白你为什么这样迷恋藏舞，看它十分钟和看它一天是一样的。”他说得没错。但为什么那些几岁的孩童甚至几十岁的翁妇能够一跳就是几个小时而乐此不疲呢？我深信，那是一种对生命的信仰，舞蹈使他们的内在生命得以张扬，使他们的精神得以自由和解放，在舞蹈中，生命的有限存在得到了充分的升华。“那能够抓住所有心灵的心，使其运动直至发狂的激情，如果不是生命本能经常性的爆发，只引起抛弃凡人的二元性，以便一下子重新找到最初的统一，使灵魂与肉体、创造与创造者、可见的与

不可见的，都集中与联结而成为超越时间的唯一心醉神迷，那又是什么呢？”(《世界文化象征辞典》)

我似乎天生地缺乏对舞蹈的灵性，我至今甚至无法分清三步与四步的区别。但当我在草原上亲身加入舞者的行列之中，我便深深地体会到了那种“心醉神迷”状态中的自由。伴随着音乐的节奏，我同舞者们一起舒展开自己的四肢和情绪。我看着康巴姑娘高高飞舞起来的长袖和小伙子铿锵踏在地上的马靴，他们的身躯深深地向前弯下，然后舒展、向后打开到最大限度，长天与大地在眼前交替闪现。跟随这种感觉，我渐渐地进入一种遥远的境界，我感到一股力量在我的体内慢慢升腾起来，这力量开始驾驭我的身体。随着节奏的加快，这力量越来越强大，肉体的沉重感消失了，我仿佛被一双无形的神灵之手支配着，我感到自己不再是一个有形的存在物，而仅仅是一种情绪，这情绪就是欢乐,我就是“欢乐”本身,这“欢乐”腾空而起，摆脱了思想，摆脱了语言，甚至摆脱了意识，成为一种纯粹。当音乐的节奏渐渐慢下的时候，我感到自己徐徐下降，肉体似乎重新返回，但这肉体却是异常的轻盈，它飘荡着，像一股烟、一片云，纯净而美好，于是我再次意识到自己的存在，但这种存在洋溢着幸福之感，直到音乐再次把我推向那超然的迷醉之中。我懂得了，这种力量的张扬一次次地从我的生命出发又回到我的生命之中，在这种张扬里，抛却了我们生存的烦恼，弥合了心理的分裂状态，涤除了肉体的尘污，返回我的身体的是一种纯粹的生命。舞蹈使我达到的不是物我两忘,而是物我的和谐统一,是一种自由。正如藏族民歌唱道：

青稞美酒醇香甘美，
我们在草原上畅饮；
吉祥的美酒，团聚的舞蹈，
天神也在静听我们的欢笑。

“卓”舞和“依”舞

康巴舞蹈种类繁多，风格迥异。一般来说，以动作粗犷强劲，舞姿矫健洒脱为康巴舞蹈的基本特征。最引人注目的是大型集体舞，在玉树地区叫作“卓”舞和“依”舞，在甘孜、迪庆地区也叫作“锅庄”舞和“弦子”舞。“卓”“果卓”或者“锅庄”是一种古老的圆圈舞，动作庄重大方，舞姿舒展豪放，节奏快慢相间，整个舞蹈由慢板开始，随着歌舞与情绪的不断螺旋式反复攀升，舞蹈节奏逐渐加快，男子腾转矫健、踩踏有力，张扬豪迈的阳刚之美，女子姿态妙曼、彩袖舒卷，尽显优雅的阴柔之丽，最后舞蹈在激情澎湃的高潮中戛然而止。这种舞蹈伴以唱赞或颂祷内容的歌词，具有浓厚的仪式色彩和热烈的庆典意义。“依”或者“弦子”则是一种充满生活情趣和抒情色彩的集体舞，男女老少均可自由围圈欢跳，领舞者手持胡琴以歌乐伴奏，众人载歌载舞相随，所唱歌词也大都是赞美生活和友谊，男子还脚系串铃，既能渲染气氛，又能统一步调，显得更加轻快活泼。“热巴”舞是一种流畅优美的康巴舞蹈，极受青年人喜爱。男子手持铜铃，女子执手鼓和曲弓形鼓槌，绕圈起舞，所以又叫“铃鼓舞”。这是一种技巧性极高、观赏性非常强的民间舞蹈，节奏缓急有致，舞姿婀娜多变。初舞时轻捷舒展，铃鼓幽远，随着节奏加快，舞姿渐渐变得奔放。高潮部分，铃鼓急促热烈，男子单腿跨转，腾跃飞旋，犹如骏马驰骋；女子在激越的身姿变化中，将手鼓舞过蓝天或掠过地面，翻转舞动，仿佛孔雀开屏。实际上，就像民歌一样，每一个片牧场、每一个村庄山寨都有与众不同的舞蹈形式和表现内容。

爱与美的张扬

对于生息在高寒草原上的人们来说，生活也许并不是一种奢侈的享乐，但它的确值得赞美和欢唱。每当凉爽的盛夏和丰收的金秋，草原不仅成了花的海洋，它也成为歌舞的海洋、欢乐与幸福的海洋。舞蹈的季节是人神欢聚的季节，更是爱情的季节。姑娘像花一样开放了，鲜花没有人采摘会白白地枯谢；小伙子像蜜蜂一样多情，没有鲜花是酿不出蜜的。这种古老的节日聚会为爱情提供了场所，在这时姑娘和小伙子们不再需要小心躲避众人的耳目，也不再惧怕父母的责骂，因为他们得到了神灵和祖先的许可与祝福。如果说白天的舞会上他们还只能暗送秋波，而在明媚的月光下，在熊熊的篝火旁，他们却可以手拉手地互诉衷肠了。

歌与舞的季节，姑娘们穿上了最美丽的衣裳，戴着珍

玉树藏族女性服饰　李秉廷 摄

贵的首饰，使她们看上去高贵而又楚楚动人，然而最能够显示她们青春光彩的，还是那按捺不住、溢于言表的喜悦心情，它透露了姑娘心中全部的秘密。当然，只有小伙子的强健勇敢和机智幽默，才能够与姑娘的美丽相匹配。如果你的箭能够准确地射中靶心，它就射中了姑娘的心；如果你的骏马跑得像风一样快，就能追上姑娘的心；如果你的舞姿像雄鹰一样矫健,就能打动姑娘的心;如果你的歌声、你的提问与回答像彩虹一样放射光彩，就征服了姑娘的心。这种“合拍合步”基于对生活的共同理解与追求，基于青春的真诚呼唤与回应。在这欢乐的海洋里，平日面对雪山唱的歌有人听了，平时面对长天白云的那种孤独与寂寞像冰一样消解了，平日面对无边的草原压抑着的生命冲动现在像解冻的河水一样奔腾了。当篝火燃尽，欢腾了一天的草原重新沉入夜的寂静，聪明的小伙子能够在这庞大的帐房城中准确无误地找到他心上姑娘的小小帐房。

与神对话和与人交流

一年一度的草原盛会对牧人有着极其重要的意义。它对老人、对青年、对孩子都是重要的。

江源地域辽阔，人口稀少，这就使绝大多数的牧民仍然保持着游牧的生产、生活方式。在平时，他们居住极为分散并经常迁移，在草原上，有时要走几十公里才能见到一户人家。在这种生活状态中，他们除了自己的家人和自己的牛羊之外，终日面对的就是远处的雪山和无边的草原，老人们有足够的时间去回忆过去，年轻人有太多的时间去幻想未来，而孩子们则除了听老人讲一些重复了不知多少遍的故事之外，他们不知道世界上还有更多的事情。在他们的生活中，同神灵与自然的对话远远多于同人群的交流。这种时间和空间上的悠远与空寂，使他们对生活坦然无欲，形成了他们沉默而内向的性格；另一方面，大自然的任性和喜怒无常，又迫使他们为生存而抗争，面对高寒、风雪和猛兽，他们又必须变得坚强和勇敢。这使他们将截然不同的东西——细腻与豪放、注重感情、疾恶如仇——有机地融于一身。我相信，他们并非不希望同更多的人交流和相处，他们并非不希望得到更多的欢乐。有时候，我们由于旅途的饥渴而造访草原深处那孤独的帐房，他们会像迎接等待已久的贵宾那样迎接这些“不速之客”，他们会拿出

帐篷城　冶青林 摄

最好的食品招待我们：糌粑、奶茶、羊肉，当然更不会缺少青稞酒。我常常为此而感到激动和羞愧。

在这种空寂、平淡而封闭的生活中，草原盛会则是一道五彩斑斓的彩虹。草原盛会大多在城镇附近举行，这对他们来说是一个盛大的节日。他们从四面八方赶来，带着生活用品，穿着最好的衣服，聚在一起度过他们一年中最热烈、最丰富、最奢侈的几天。老人们一边饮酒一边同他们的老朋友谈天说地，说年景，说儿女；年轻人尽情地欢乐，寻找他们的幸福；孩子们像一群无拘无束的羔羊那样撒欢和嬉闹，又像哥哥姐姐的尾巴一样惹得他们讨厌。人们被压抑的精力此时可以尽情地挥洒，人们将自己的喜怒哀乐最大限度地张扬出来。他们找回了生命存在的另外一面，他们毫无顾忌地享受它，毫不吝啬地浪费它。他们的感情得到了交流，他们的精神获得了自由。

草原盛会不仅对每个人重要，对一个民族更是重要。这盛会是一次民族精神的大张扬，它强化了民族自尊和自信的意识，显示了民族的团结和凝聚力；盛会更是一次民族文化的大展示，它通过一系列的宗教活动、民俗活动，通过歌舞、服饰，通过爱情，回忆民族的过去，承启民族的未来，通过这一形式使历史悠久的文化得以保持和延续，也使民族本身得以有效的繁衍。在当代社会，这种开放性的盛会客观上又起到了文化传播和文化交流的作用。同时，草原盛会还是一项传统的物资贸易活动。

牧民们知道，几天之后，这里将恢复往日的平静，当他们办齐了必需的用品之后,将赶上羊群和牛群,远离村镇，远离草肥水美的平川到深山的夏秋草场去，他们将重新面对宁静的雪山和空旷的草原，直到大雪降临，直到明年的这个季节。

溪流汇入江河，江河源远流长、径自奔腾而去。

阳光下的牧羊女

夏秋季节的江源牧场，是由一幅幅色彩浓郁而又变化多端的油画组合起来的长卷，而牧羊女永远是这画卷中诗意最浓的一笔。假如我不是一个过客，不是一个美的追寻者和欣赏者，我将能够体会牧女面对这空阔天地时那份茫然的寂寞和忧伤，我将能够从悠扬的歌声中听出那依依的期盼与呼唤。即使在最美丽的夏天，她依然会面对山顶上自由飞翔的雄鹰，面对白云下清脆歌唱的百灵，伴随着那翅膀的每一次抖动和歌喉的每一声啼啭，从她眼睛里流露出无限的渴望。

节日之外，牧羊女们从不刻意地装扮自己。日常生活中，她们将华贵的服装和珍爱的饰品收藏起来，只在耳、颈和手指上保留少量的饰物，她们把自己藏进宽大灰暗的衣袍，更多的时候，还用红色或绿色的头巾把自己裹得只露出两只眼睛。说来也奇，在云遮雾罩之中，那两只大眼睛却显得格外明丽，犹如山崖边的清泉，静静地溢出甜蜜，溢出羞涩，溢出幽远的梦幻，使得我总是在深深的遗憾之余产生许多美好的猜想。那是一首抒情诗的灵魂，是最美的词句。

一个晴朗温和的金秋，在阿尼玛卿山下的珍秦草原，在美玉般温润的小河边，我读到了这首诗。

我追逐着一条清澈的小溪漫步在草原上。我不知道小溪是否有名字，但我清楚她一定是长江之女。不知走了多久，当我感到很累正要返回的时候，我听到一阵清脆欢快的笑声。于是我和小溪一起转过山包，我们看到阳光下、草地上，两位少女坐在溪畔梳洗她们乌黑的长发。看到这情景，溪水把我抛在一边，唱着歌向少女跑去，而我却不敢贸然前行，只得停下来静静欣赏这幅美丽的图画。四周金色的山坡围护着一个小盆地，盆地内依然芳草萋萋一片碧绿，山坡下有几顶黑色和白色的帐房，草丛里开满蓝色、紫色和红色的小花，蝴蝶在翩翩飞舞，百灵在空中歌唱，小溪婀娜多姿地穿过草地流淌在姑娘们面前。厚重的长袍坐在身下，两个少女一个穿白色单衣，一个穿粉色单衣，她们不时撩起溪水撒向对方，发出一阵阵嬉闹声，顿时把这空旷的草原点缀的生机勃勃。一位少女回头发现有人在注视她们，对另一个耳语了几句，我听到她们吃吃的笑声。但是我并没有破坏她们的好情绪或者引起她们的惊慌。于是这笑声就成了对我的鼓励甚至是邀请，我向她们走去。

如我希望的那样，姑娘们没有回避，也没有表现出其他的不满。我走到她们对面，站在小溪的另一边。两个姑娘相差不过三四岁，穿白色衣服的姑娘大一些，有二十岁左右。她们单薄的上衣几乎完全被溪水打湿，紧贴在丰满健康的身体上，美丽的胸部透出青春生命的韵律，使我这个心里污浊的城市人几乎没有勇气直视她们。然而她们并没有多余的反应，只是不再嬉闹，安静而优雅地梳洗着长发。我突然感到一阵强烈的羞愧，这些自然的女儿、草原的女儿，她们用对待生命的坦荡和自豪，从我的灵魂深处逼出那隐藏的“小”来。我的心灵豁然变得明亮起来。于是我在姑娘们对面坐下，开始同她们交谈。

两位少女是姐妹，姐姐叫仁青措，妹妹的名字我却没能记住。可惜的是她们的汉语都不好。仁青措除了去过称多县城，几乎没有走出过这片草原，妹妹上过寄宿小学，去过结古和西宁。所以都是妹妹和我在问答。山下的帐房就是她们的家，全家有七口人。她问我从哪里来，我说“斯朗”（西宁，玉树藏语发音），她们笑起来。这里的赛马会早已结束了，她问我现在来看什么。我开玩笑说：“来看你们这漂亮的草原姐妹呀！”不过我还是告诉她我到县上有事要办。两姊妹的头发都很长，像黑色的瀑布。仁青措是满头小辫，而妹妹的却披散着，我用手比画着问她为什么不梳成那样，她说过节的时候梳成小辫，她平时喜欢编成一条大辫，便于梳洗。我问她：“你有心上人吗？”姑娘有些脸红了，她用手捅了捅姐姐说：“她有。”仁青措显然没有听懂我们在谈什么，但她转过头从妹妹“诡异”的表情猜出与她的秘密有关，于是伸出手去威胁妹妹，不料妹妹在躲闪中敞开了衣襟，仁青措报复性地戳了一下她几乎裸露的前胸，开心而羞涩地拥着妹妹笑起来。

阳光灿烂，清风吹拂，小溪潺潺，牧羊女黑亮的秀发流淌在胸前，洁白丰润的肌肤展现着欢快柔美的线条，仿佛有醉人的乐曲从少女的身上漾溢出来。面对这造物主的诗，这大自然的歌，我突然有一种似曾相识的感觉。我一定是想起了某一则神话或者是一个“很久很久以前”的故事。但在我心中，它激起的不仅仅是一种遥远的美，更是一种对生命的讴歌。

草原上的少女永远不老。

牧人的草原

这是一幅令人心醉神往的画面。

这个早晨宽广而明媚。先是朝霞晕染着天空和旷野，营造出一种弥漫着远古气息的神秘氛围，接着新鲜的阳光从遥远的山坳里照射过来，把那神秘的气氛一直驱赶到天边，然后在草原上铺下一层温馨而柔美的色彩。通天河青幽幽的流水，丝带一般垂挂在草原柔软的胸前，几团积雪从远方巴颜喀拉山的峰峦飘来，它们在蓝天上摇身化作白云，又把多情的姿态投映在湖水中。身穿黑色氆氇长袍的牧人正骑在马上悠闲地走向湖边，他一边摇着经筒，一边呼唤着身边的羊群。他已经离开炊烟袅袅的帐篷了。

巴塘河　文德 摄

草原牛羊　柯岩斌 摄

常常使大批牲畜在饥寒交迫中死亡，有时也会夺走人的生命。面对这种大自然的力量，牧人们无力与之抗争。然而在这几乎完全是被动的忍耐中，却隐藏着一种意志和信念，他们不去哀怨或者逃避，因为牧人知道这就是生活，他们会以惊人的生命力坚持下去，直到春天再来。

牧人是辛劳的，同时也是自由和快乐的；游牧生活是单调的，同时也是充满情趣和传奇的。古代神话告诉我们，在牧歌时代，最初的牧人都是聪慧的艺术家或者机智的勇士，他们受到神灵的宠爱也经受神灵的考验。当然，我们已经不可能再恢复一个诗意的牧歌时代，也无法再找回那份光荣与梦想。但是，眼前这一切告诉我们，牧人仍然是生活的艺术家和哲人。对他们来说，最根本的技艺是生活的技艺,或者说是生存的技艺。它体现在牧人对环境的认识、把握、利用和对环境的热爱，体现在他们将生存与自然达成一种和谐，从而使自己的生存意识和生活目标与自然伦理和万物的秩序协调统一起来，使那看起来充满艰辛和挑战的生活变得富有诗意和美感。所以牧人在远古文化中作为一个拥有理想人格的群体而倍受赞美是不难理解的。

巴塘草原　文德 摄

“问渠那得清如许，为有源头活水来。”自然是慷慨的，它允许我们拥有，然而这种许诺是有条件有限度的。过度的索取与破坏，必然导致自然的反抗。这是牧人古老的生存智慧

生活即艺术

奥尔多·利奥波德在《沙乡年鉴》中，通过人们锯伐一棵大橡树，讲述了锯齿所切入的年轮里隐藏的自然历史和社会历史，让我印象深刻。当我被嶙峋山崖所吸引时，便不由得想起那绝妙的隐喻。石崖的断面，有些层层叠叠像从未打开的大书，有些垂直竖立如同凝固的瀑布，而有些则呈现出一个个巨大的涡旋状，仿佛有人曾经将其搅动。它们就是岩石的年轮，山脉与高原的年轮。我猜想，这些年轮应该更加久远，甚至可以古老到神话中所说石头能够生长、行走、思想以及衰老死亡的年代。

我无力探究这些年轮中的奥秘。我以为，在这样的高山巨川之中，只会有岩石、流水、草木以及一些顽强的野生动物,然而沿途观察,却随处都能够看见人类生存的踪迹。那是从溪水边通往山坡的小径、山坳避风处的一两间房舍、

一匹马、一群牛，山崖上猎猎飘扬的经幡。可见，在钢铁打通公路之前，这里已不是人类禁区，他们构成了大山的年轮中可以追溯和体会的故事。

高寒的自然环境与生存条件，对人类的生存能力与智力都提出了非同寻常的要求。数千年来，先民在认识自然、敬畏自然、适应自然的过程中，形成了独特的生产生活方式、思想观念与祭祀礼俗，比如转场游牧、万物有灵、水源和山林禁忌等，其中都蕴含着朴素的生态伦理。这些认知和行为构成的民间文化，蕴藏着丰厚的人文积淀与智慧，也是现代生态文明建设的基石。

纵贯地球，可以说人类已经无所不在。即使洪荒或极限之地不适宜人类生息繁衍，也无处不留下人类征服探险、考察研究或者旅行的脚步。而在整个三江源地区，以丰美的水草为生存基础，人类写下了漫长的生存史。所以，当我们今天说起生态保护这个概念的时候，就必然涵盖着人文的历史与传承、人类的生存与生活。

他们是用牛毛和羊毛编织衣物的老妇人，制作马鞍皮具的男人，打酥油、磨糌粑的女人，刨光银器与黑陶的手艺人；他们是阳光下玩羊骨节游戏的孩子，在冬天的夜晚讲述神话和谚语的老翁，面对无边星空诵祷的僧侣，在春风和秋月中载歌载舞的姑娘和小伙子。

在这里，如同对于一个孩子，生活依然保留着最初的游戏意义，或者是一种艺术。转轮上的泥团，在一位老者的手掌中，仿佛时间的陨石，穿越千年夜空而来，以混沌的语言赞美或者讲述；它让世界的变化缓慢下来。在一件黑陶器皿魔幻般渐渐成型的过程中，我甚至想，我们几乎可以为世间万物重新命名。望着身穿盛装的康巴姑娘，我相信她们就是被深情传唱的民谣，是水做成的女儿。冰雪之水做成的眼睛，溪流之水做成的身子，涌泉之水做成的歌喉。当她们把金钩和银饰穿在身上，把红珊瑚绿松石戴在头上，却又坐在河边沉默不语或者羞涩回眸的时候，我知道，那是为了掩藏真正的宝贝。太阳升起来，阳光把草原揽入怀中，让它在温暖中慢慢苏醒。对于草原上的这些舞者来说，举手和投足、俯身与仰面、迈进或后退，都不是表演，这是他们感悟自然、体会生命、解释生活的一种方式。

在江源玉树，如果所到之处没有听到“文成公主”或者与她有关的故事和事物，那肯定是不正常的。在西藏之外，文成公主的影响力最为深远的地区就是玉树，人们以对待神灵的崇敬之心、对待亲人的热爱之情，引以为豪地讲述她的种种奇迹。这时候，我总是兴趣盎然地倾听着，而后被深深感动。

公主们带走的秘密

关于那些带走了太多秘密的公主们，我能说什么呢？在无数人间女子中，可以称得上金枝玉叶的非公主莫属。如果能选择爷娘，哪个女子不希望自己就是帝王、王后膝下那千娇百宠的公主？更何况，还有那随时都可能出现的白马王子。于是，关于公主们形形色色的故事便流传了起来，何止百千。不过有一点人们知道，公主虽然天生丽质、高贵，但在爱情和婚姻中大都不能自主，这是民间女子们不羡慕的，因为她们能够在林间溪畔自由地唱歌幽会。

同样，关于那些身负“和亲”使命远赴他乡的公主，我又能说什么呢？汉高祖刘邦首开“和亲”先例，将公主作为政治筹码嫁给北方的匈奴单于，从此公主们便纷纷开始了令人断肠的“远征”，这使她们在不自主的婚姻中又多了一层生离死别、身处异乡的孤寂之苦。“吾家嫁我兮天一方，远托异国兮乌孙王。”西汉远嫁的细君公主面对群山草原，这样哀唱道。

这是一个个可歌可泣的故事，我们仿佛可以看到一支支庞大的迎送队伍，使臣、侍女、艺人、工匠和士卒们护拥着衣锦华美、泪痕斑斑的公主，出都城、上驿道，一路跋山涉水，直到隐没于北方的大漠、西方的雪野、南方的山岭之中。从此后人们想象着她们的生活，揣度着她们的思绪，她们青春的美丽就此凝固，在我们的心中时时唤起一股淡淡的忧伤，一份忧伤的浪漫。

公主们的荣耀

在公主远嫁的历史上，汉唐两朝最为频繁。边地的游牧政权出于对汉唐文明的渴慕、对其强大国力的敬畏及在边地扩展势力的需要而以娶汉唐公主为荣，并获得安全感，汉唐王朝同样通过和亲稳定了边疆，并得到大批十分必需的贡奉和贸易物品，也推动了民族间的亲和与交融。这是公主们不朽的功绩。另外，公主们化干戈为玉帛，使多少好男儿免于战死沙场，多少百姓免于战乱之苦，这种和平安乐的景象是任何将军也带不来的，我想这该是人们世世代代唱颂她们的主要原因。远嫁青藏高原的公主，有唐代嫁吐蕃赞普的文成、金城公主，有嫁吐谷浑王的弘化公主，在南北朝及隋朝时，也有公主嫁给吐谷浑王。

在远去的公主留给我们的故事中，让我们不断讲述、不断添枝加叶地去演绎的，当数王昭君和文成公主。

王昭君不是公主，但她以其美丽、聪慧和深明大义，对汉与匈奴的双边关系产生了深刻影响，为双方百姓带来了长达半个世纪的和平与安宁。王昭君充满传奇和浪漫色彩的故事，成为后世文人骚客取之不尽的灵感之源。时隔

文成公主庙　柯岩斌 摄

六百七十年，大唐文成公主远嫁雪域高原的吐蕃赞普，又传下一段脍炙人口的佳话。

公主进藏产生的直接影响，是使吐蕃迅速强盛起来。公元663年，大唐天子外甥身份的吐蕃赞普在一次决定性的大举东征之后，已将吐谷浑领地尽收囊中，并与唐军形成强力的对峙局面。公元709年，唐中宗再以宗室女金城公主嫁给松赞干布第三代孙赤德祖赞赞普，使双方关系重归于好。

美丽的公主姐姐

文成公主进藏，大概是历代历次和亲中影响最为深远的一次。文成公主一行浩浩荡荡启程西去，从此开辟了联系青藏高原和内地的唐蕃通道。除了迎送的使臣、侍女、工匠、乐师等各类人员，公主的嫁妆还包括珠宝、绸缎、谷种、书籍、医药、蚕种以及一面神奇的日月宝镜和一尊释迦牟尼佛像。这极大地促进了高原地区的政治、经济、文化和社会发展。且不说史册记载，仅从民间的口碑中就可见一斑。至今藏族民间仍流传着许多关于这位“汉地公主姐姐”的美丽故事和赞颂之辞。从经邦济世之道，到衣食住行之俗，似乎一切都与公主有着亲切的联系。一首藏族民歌，还为我们讲述了当年公主进藏的壮丽的场面：

正月十五那天，文成公主来到西藏。
不要怕过辽阔的草原，
那里有一百匹步伐稳健的骏马在欢迎您。
不要怕翻越高峻的山岭，
那里有一百匹驯良的牦牛在欢迎您。
不要怕过宽广的河流，
那里有一百只马头船在欢迎您。

公主来到拉童渡口的时候，
有一百只牛皮船在那里迎接。
公主来到微吉坝上的时候，
有一百辆大马车在那里迎接。
公主来到栋则署的时候，
有一百个年轻美貌的姑娘在那里迎接。
公主来到卡昂洞的时候，
有一百个健壮英俊的青年在那里迎接。

巴塘草原　张有才 摄

通天河　文德 摄

川、滇涉藏地区的藏、蒙古、土族民间，至少已经有一千年的历史了。史诗叙述了天神之子格萨尔在人间南征北战、斩魔除暴、造福于民的辉煌业绩。这部史诗被历代说唱艺人以口耳相传的形式继承和发展。到 20 世纪末，搜集整理到的《格萨尔王传》已有 150 余部，150 多万行，1000 万字以上，出场 3000 多人，主要人物 80 多个。《格萨尔王传》堪称一部青藏高原古代社会的大百科全书，涉及远古神话传说、地理、历史、经济、军事、宗教、医学、道德观念、习俗、生产生活方式、语言文学、民族关系等诸多方面，对藏族社会的发展，对藏族人的伦理观念、生活方式和内在精神世界产生了深远而重大的影响。因而“格学”的研究具有历史和现实的双重意义。

为拯救人世众生，格萨尔伴着万道金光，从一个蛋壳中来到人间；9 岁的格萨尔便显示非凡的本领，与晁同一道征服了丹玛青稞宗。年轻英武的少年格萨尔，在一次赛马选王的角逐中脱颖而出，一举夺魁，成为岭国的国王，并迎娶美丽贤惠的珠姆姑娘为王妃，从此就开始他的英雄征战史。魔岭之战、霍岭大战、姜岭之战、门岭之战，刀光剑影、惊心动魄。在征服歇日珊瑚国、日努、向雄珍珠国、阿扎玛瑙国、梅岭金国等一系列的战斗中，格萨尔不仅表现出了英勇善战，还显示了他的聪明善良，在征服恶魔和暴君之后，格萨尔把金银财宝、食物和自由分送给当地被奴役的苦难百姓，从而受到了民众的敬仰和爱戴。“地狱救妻”“霍国悔泪”等故事爱憎分明，惊天动地，显示了英雄有情的人间本色。最后，格萨尔完成人间使命重返天界。

《格萨尔王传》中所讲述的故事，大约发生在公元前后至公元五六世纪，这个时期正是青藏高原氏族社会解体到奴隶制形成的过程，氏族、部落、部族间战争不断，出现了前所未有的征服、合并、统一，这当是格萨尔故事的渊源，也应该是吐蕃时期英雄主义精神和尚武精神的源泉。然而在吐蕃政权存在的几百年间，格萨尔英雄故事并没有得到大规模发展，这或许是因为吐蕃政权强盛、青藏高原社会的剧烈演变以及新事物层出不穷等原因，人们被当时发生的一切所鼓舞和困扰而无暇去追忆过去。吐蕃政权崩溃之后，青藏高原再度陷入割据和混乱局面，于是人们开始怀念叱咤风云的英雄。随着佛教的重新开始传播并深入

珠姆 许明远 摄

人心，人们也开始对历史进行反思，并希望通过佛祖和诸神菩萨获得拯救。那么正因为如此，古代英雄的事迹被赋予浓厚的宗教色彩大规模流传起来，格萨尔被传唱为是按照佛祖旨意而降生于人间的天神之子，替天行道，救民于战乱和水火之中。然而，毕竟格萨尔是一位古代的英雄，《格萨尔王传》也是在藏族传统文化土壤中成长起来的史诗，无论佛教的影响有多深，格萨尔仍旧被塑造成了一位神、龙、念三者合一的半人半神的英雄，而不是某位救难菩萨的化身。

仿佛与格萨尔的诞生相呼应，珠姆的出生同样充满神异的景象。这个绝美的婴孩降临之际，世间万物为之欣喜呼唤，四时节气为之慌乱惊愕。雪山之巅有雪狮起舞，云霄之上惊雷轰鸣。

人们说“珠姆”便是绝世佳人、千年独秀之美称。在嘉洛草原，人们似乎并不津津乐道珠姆的王妃身份，而是更加爱恋少女时代的她，怀念这位能歌善舞的家乡女儿，以她的美丽、纯洁、温柔而自豪。如今，嘉洛草原的山水之间，仿佛到处都能看到珠姆的身影，这里有她的沐浴之泉，那里有她的盥沐之池，朝霞中有她的舞姿，月光下有她的歌声。嘉洛草原的姑娘们也按照珠姆的装饰打扮自己，她们的传统衣帽和佩饰都特色鲜明，与其他康巴地区有所不同，据说这与少女珠姆的穿戴有关。

每年，嘉洛草原的人们，都会为珠姆举行沐浴仪式，由僧侣以长江源头之水为其雕像沐浴诵祷，再由当地格萨尔史诗传承艺人说唱森姜珠姆的故事，然后众人环绕礼拜。

如果说英雄格萨尔是高原上耸立的冰峰巨岩，美女珠姆就是这山间婉转的流水，长江第一湾如同她优美的身姿，烟瘴挂大峡谷仿佛她隐秘的闺房，有时她也在广阔草原盘桓，之后恋恋不舍地离去。

小溪轻声地唱着歌从草原深处弯弯而来，它欢快地流淌在阳光下，一路闪耀着银光奔向远方的大河。清晨，两个女孩儿在溪边玩耍，小姐姐牵着步履蹒跚的小妹妹，正在教她咿呀学语；太阳升上高空，变得光芒灿烂，两位青春少女安静地坐在溪边，姐姐要为妹妹编一头美丽细密的小发辫去参加赛马会，不知她会拴住多少小伙子的心；当夕阳只能用金黄的色彩温暖大地的时候，妹妹用那只残缺的木梳从小溪里沾上水，一遍遍地为姐姐梳理干枯的头发，明天早晨姐姐的灵魂就要乘着鹰鹫的翅膀飞向天国了。而在小溪的另一边，那两个学步的小姐妹又会回来。

生、爱、死，这是人生的三大关键时

刻，同时也高度概括了生命过程。康巴人对待这个过程有他们独特的理解。

生的禁忌与神圣

新生命的到来伴随着许多人的欢乐与希望，也伴随各种禁忌。在传统习俗中，牧人认为家庭平时均在“帐房神”守护之下，而妇女生产则必带来污浊之气，会冲撞家里的神灵，因此不能在帐内生育。现在这种习俗已经改变，产妇会在自家帐内受到细心关照，但在许多地方产妇仍旧受到某种不公正的对待，比如忌讳产妇做端茶、煮肉、烧饭等招待客人一类的事情，但新生儿永远是圣洁的，会受到家人的加倍爱护。孩子出生时，都忌讳陌生人来访，生怕他们会给孩子带来邪气或不幸，家人会在帐房门口挂上哈达、松柏枝或其他物品以示告诫。藏族孩子没有满月、百日或周岁之礼，一般在三岁左右举行热闹隆重的“剪发礼”，宣告孩子已渡过脆弱的幼儿期，能够平安地成长了。

新生儿都会有两个名字，一个是由阿卡命名的“佛名”，一个是由父母取的“俗名”。佛名借用的名词术语大多与佛教有关，比如先巴（弥勒）、卓玛（度母）、多杰（金刚）、尼玛（太阳），而俗名则内容多种多样，比如以出生时辰命名的尼向（日出），以年月日命名的才桑（初三），以植物名命名的梅朵（鲜花），以生活或生产用具命名的角巴（烟斗）或月恰（奶桶钩），以动物命名的勒格（羊羔）。

毫无疑问，佛名显示出宗教文化和宗教意识对江源人的深刻影响，而俗名则反映出康巴人更为古老的文化心理，这是一种与大自然、与生活的亲近和沟通。

爱的自由与欢乐

当这个卓玛或角巴成长到十五六岁时，便进入了社交年龄。阿爸阿妈为他们置新衣、购首饰，开始注意对他们进行打扮。在一些地方，姑娘长到这个年龄，家人还要将其大辫分成若干根小辫，以作为成人标志。而有的地方，当姑娘结婚后才分辫以示区别，在此之前，多长发披肩，以作未婚标志。只要他们进入社交年龄，男女之间的任何交往，家人从不干涉。

美丽的大草原，为藏家青年男女提供了谈情说爱的广阔天地。而对于能歌善舞的青年人来说，“歌”与“舞”又是他们产生爱情、增进爱情的媒介。

巴塘草原　切嘎 摄

牧人们说，歌与舞是金翅鸟沟通青年男女爱情的两只“翅膀”。如果说牧场上的对歌是通过金翅鸟的“翅膀”传递爱情的话，那么，集会中欢乐的歌舞，则是金翅鸟用金色的翅膀为他们搭起了爱情的“桥梁”。新年集会、婚嫁集会、庙会、赛马会等，在种种形式的集会中，青年男女纵情歌舞。他们从优美的舞姿和甜润的歌声中，挑选自己的意中人。

藏族青年男女的恋爱生活不但丰富多彩，而且延续的时间大多也比较长，一般都在三至五年之间。其间，无论双方的恋爱关系发生何种波折，甚至几易恋人，父母也很少干涉。在过去的部落时代，姑娘中经常出现婚前生育的现象。女儿怀孕，只需告知阿妈即可。若生下孩子，则被视为“天子”，父母会倍加爱护。到出嫁时，男方也不会因此而嫌

阿尼玛卿　才让当周 摄

由。就其精神价值来说，前者是一种忘却或转移，而后者则是一种超越。

身在长江源，最使我难忘的还是人。在我看来，这里不单单是一个自然地理概念，更是一个关于人类生息繁衍的环境概念。山与水不仅构成了这片地域的骨肉和灵魂，也构成了生存其中的人们的个性和情感。在人们眼里、心中，大自然或是可畏的，或是可敬的，或是可亲的，但无论哪种情况下，他们对自然都怀有一种深深的感激之情。他们感激大地上的水草使牛羊肥壮，他们感激土地的孕育使庄稼丰收，他们感激森林与岩石给了他们温暖的栖身之所。千百年来，他们知道将贪婪与傲慢无礼加诸大自然会遭到神灵严厉地报复和惩罚，由此他们尽力保持着自己生存环境内的生态平衡。也许他们并没有自觉意识到他们为这个脆弱的星球做了什么，但事实上他们理所应当得到更多人的敬佩和赞美。江源人的纯朴、勤劳、豪放和他们的虔诚、对生活的热爱，无数次深深地打动我。

长江源，万物自由的秘境，人类和谐的家园。我无声地来，又悄悄地走，我来时甚至不带来一丝风，我走时，留下深深的祝福，带走了无限的眷恋、回忆和永不磨灭的热爱。

逐流水远游的野鸭
可丢下布谷鸟凄凉孤单?
啊，布谷鸟，
你耐心地等着吧；
当明年初夏的四月天，
我还回到你的身边。

从故乡远走的情人，
可丢下了姑娘受尽孤单?
啊，姑娘，
你耐心等着吧；
当明年春暖花开的季节，
我还回到你的身边。

——藏族民歌